在世界
遗忘你之前

杨树鹏　著
黄觉　图

重庆出版集团 重庆出版社

这是一个孤寂的时刻

人们都睡去

我开始写

在我的笔下

有的人死去

有的人活着

我让爱情圆满

让悲哀的小丑成为最后的幸存者

只有在我的故事里

我能窥见他们的命运

并修改他们的命运

自称杨树，人称才子

高群书

1

写故事，写诗歌，说穿了就是白日梦。

真的是白日梦哎，看杨树鹏写下的这些文字的时候，我仿佛看到一个纸做的人，薄薄的，屌很大地垂着，在春风里飞，遇见落花，犹怜。在灼热的夏日太阳下凝滞不动，夏虫撞死在他身上。在秋天的杂色中，他开始蛰伏，像一只虫子，随落叶飘荡。冬日无雪，他开始放荡，梅花在远处，空中有些别人的酒意，他已经醉了。

一个不擅喝酒的人，窝在宅子里，写些毛笔字，间或，在乌黑的键盘上，敲出些白字，却仿佛酒意盎然。

2

西北是个好地方，我喜欢西北，陕北高调，杨争光，昌耀，贾平凹，赵牧阳什么的。今天刚听说，赵牧阳的《黄河谣》是马上又写的。那年，马上又16岁，走到黄河边上，突然开始感伤，就着劣质白酒和羊杂，就着花儿，心旌飘摇，写道：早知道尔妹妹的心变了，谈他妈的恋爱做啥呢。

黄土塬上生出的诗意，在神人们的脑顶袅袅蔓延。

今天是羊年的二月二，龙抬头，临近中午的时候，我抽完一支雪茄，走进卫生间，自己给自己剃了个头。

然后，饿了，就走到望京SOHO的韩国本家粥铺，喝了一碗鲍鱼粥和海藻牡蛎粥。

今天亦是春分。

在春分这一天，在木格栅的窗下，看才子杨树的文字，想起了浙江乌镇人茅盾写于西北的《白杨礼赞》。

"那就是白杨树，西北极普通的一种树，然而实在是不平凡的一种树。"

白杨树把浙江人茅盾惊着了。

杨树是西北人，但骨子里，是上海人，但祖籍好像是东北人，满人。

东北人也有伤感的萧红。

杨树身上，混杂着地球各地的文学气息，拉美马尔克斯式的，美国福克纳式的，爱尔兰乔伊斯式的，卡夫卡式的，旧俄式的，樱花味儿的，西北东北上海式的，唯不屑的，就是华北大平原的麦粒味儿。

如果是个诗人，他一定吟唱麦子。必须是麦子，西北的麦子，不是大豆高粱和玉米，不是田纳西的土豆和落基山的野熊。

3

开始写诗后来写诗意的杨树后来做了导演。

在第六代做地下导演的时代里，这个细腻的西北人在CCTV东方时空做着编导。这个集子里的一些故事，显然来自于那时候游走四方的掌故，只是付诸文字时，他把东方时空抽离了，隐身成虚空的影子。一个个飘荡在舌尖上的灵魂。

这些灵魂像苍蝇一样旋转，直到快累死了，才倏然幻化成文字，带着撷来的各种味儿。

所以，杨树的电影都有着足够的诗意，甚至偏颇。

他试图把偏颇的诗意，飘摇的古意，雄壮的黑泽明像上帝造人一样捏合在一起，这得需要多深的道行啊。

4

才子杨树口吐莲花，瞬间即可折服一些老板，也瞬间折服一些姑娘。

杨树的语言表达和文字表达一样佳，会说多种语言，比如上海话，西北话，东北话，四川话，甚至美国话。

最早听说这厮，是上影的汪天云总，告诉我发现了一个天才，并说，要为他成立一个工作室。

这人叫杨树鹏，当时，拍了个电影叫《苦竹林》，后来改成叫《我的唐朝兄弟》。

看见没有，丫自诩是唐朝人。骑白马的唐朝人，手里挥舞着竹子。

再后来，听另一个大师年森年春光老提起，说他迷恋黑泽明，片子也有黑氏遗风。恰好，我也喜欢黑泽明。

然后，就认识了。

认识了，但交往不多，因为丫性情高冷，不爱大局，喜欢独处和三两人处，无奈我都是大局，所以神交多于面交。

一天半夜，趴在微博上胡聊，惊见光线老板王长田发了一微博，说刚和一天才聊天，此君初中毕业，做过消防员，现在搞电影，日后必成大师。神神秘秘，不点其名。

我一看就知道说的是杨树君。

又一天，我和黄晓明等人在孔乙己吃饭，就喊他过来，因为他想找黄晓明演《匹夫》，二人一见，分外亲热，瞬间勾搭成奸。

然后，就有了电影《匹夫》。

我也认为，杨树君日后必成大师。眼下，还需要修炼，主要是技艺，如何把诗意和雄壮捏合得缥缈而锐利。

锐利，是杨树君的痛。

杨树君真应该生在唐朝啊。

穿越吧。

一个唐朝人，活在混乱的21世纪，难免痛苦。如果再不喝点酒，那就更痛苦了。

痛苦也是一种美。

5

　杨树君是个文风飘逸不求深邃的诗人，虽然长得貌似深邃。这是个问题，他的才华都让人摸得着看得见，尤其是在电影里，有时候你会觉得他太忙于表达才华而把电影给忘了，就像那句话说的，忘了怎么出发了。

　其实这是个缺陷，才华宜藏不宜露，他太不擅拙朴。

　当然，拙朴有时候看起来很蠢，全看观者有无法眼。

　拙朴和机巧融合在一起，就是大师了。

　特此批评和期待。

　也期待生活。

目　录

隔岸观火

煲汤

不要轻易在子夜飞翔

贩梦

贩梦番外篇

枉杀

倚云

第一辑 梦游

我在黑色的键盘上敲出白色的字

除了双手清醒着

我身体的其他部分都睡去了

燧州烈火

　　我站在窗口，看着满城过火，城中间的燧州节度使大营正在爆炸中化为灰烬，这辈子最盛大的烟花表演，放给我逃亡的妻子，此刻她携带童仆二十人，穿过烈焰熊熊的街道，出城等我。

　　五年前，我带着演乐班子从长安到燧州来，与此同时我的妻子——当时还不是妻子而是战俘——被汉人军队押解，从弥勒河谷一路嚎哭抵达燧州，我们前后脚进了城，彼此并不相识。她和三千族人披头散发，衣衫褴褛，光着脚丫子被抓到燧州来，男人做苦力，女人做奴隶。

而我来刺杀。

我并不是演乐班子头头，我是个刺客，长得猥琐窝囊，看上去像个滑稽艺人，但我是个货真价实的刺客，手上人命无算。好，我来刺杀，目标是燧州节度使肖承乾，为了给他贺寿，他的副将花重金邀请了我，在他的生日晚宴上将他杀死。

三天后就是晚宴，三天后我完成任务，拿钱走人，副将则虚张声势，假装满城围捕，直到我安全回到长安。

我没问副将安的什么心思，我懒得问，一个人要仇恨到杀死对方了，你还有啥可问的。

三天说过去就过去，晚宴上我带着乐队——藏着宝剑的琵琶，藏着短刀的箜篌，我的尺八内藏着一柄细细的锥子，这玩意好用——展开表演。我吹拉弹唱我戏谑搞笑，我又唱又跳我浑身是汗，我使出浑身解数靠近节度使大人，直到他放松警惕，直到我可以抽出长锥将他刺死——我抽出来了，我刺过去了，肖承乾根本没有看我，他在看我未来的妻子双云，双云本来是丢到卫军营做奴隶的，好死不死，被副将抽调到晚宴上服侍客人，她脚上还系着细细的铁镣，人们扒光她的衣服，草草用水冲了冲，把头发挽起来，往脸上扑了一斤粉，往腋下洒了一斤柏树叶泡过的香水，就塞进节度使大营给节度使的客人倒酒了——就在这个瞬间，我的长锥拔出来刺过去，肖承乾根本不看我，他看着双云，我也看着双云，双云谁也没看，她看着自己的脚。

副将看事情败露，发声大喊，一脚把我踹倒在地，拔出佩刀就要砍死，肖承乾阻止了他，肖承乾说，等等。

他扭头看着双云说，你叫个啥？

双云说：我叫双云。

肖承乾对副将说，今天是我和双云大喜的日子，这个刺客就不杀了。

肖承乾娶了双云，我就没有被杀死，我成了工程营的苦力。

我成了工程营的苦力，每天锯木头，盖城墙，再锯木头，再盖城墙，边城的长墙没有头，我他娘的得盖到什么时候！

我盖了一年的城墙，这一年我没有见过我妻子双云，但我心里总想她，她捧着酒罐子，像个白痴一样，看着自己的脚。

那天我从窝棚里钻出来，跟着一群老鼠一样的工程营苦力去上工，远远地瞥见有人在指点着我，接着我看到双云，她骑在马上，还是她们那个西域打扮，人白净了些，身边跟着仆童马弁，挺像样啊。你挺像样啊，我走过去说，双云不说话，冷冷地看着我说，节度使大人又要过生日了。

我被扒光衣服，草草洗了洗，往脸上扑了一斤粉，往腋下洒了一斤柏树叶子泡过的水，塞进欢乐的人群，吹拉弹唱，我看着双云，心如刀割，我这么喜欢的女子，是人家的妇人，我越是插科打诨就越是泪流不止，简直傻极了。

于是我把尺八插进了自己的嘴里，妈的我杀不了节度使，我还杀不了我自己吗！

我玩命地往自己喉咙里刺，满嘴的鲜血咕嘟咕嘟涌出来，咽喉深处火辣辣一派清凉，眼前都是双云，数不清的双云跑过来跑过去，有的叫唤，有的不叫唤。

我哑巴了之后，就留在节度使大营了，肖承乾觉得我是个二百五，也不怎么盯着我，双云说，这人心里事情太多啦，我得养活着他，肖承乾说呵呵您随意。

我每天穿着体面衣裳，溜达来溜达去，找机会爱双云，有一天终于在走廊里碰到她，她吓了一跳，转身就跑，我追上去一把抱住她，想爱她一回，她挣扎着说，你真够可以的，节度使救过你的命，你是人不是？

我羞愧难当地放了手，双云撒丫子就跑，我又抓住她。

我比画着说，啊以过窝西纸。

双云说，行行行。

我心想妈的你知道我在说什么吗你就答应？

我比画着说，以吃熬窝豁狠么？

双云说，我当然知道你说什么，你要我做你的妻子。

我眼泪一下就下来了，妈的这不叫缘分什么叫缘分？！

双云就这样做了我想象中的"妻子"，她能保护我，我却不能爱她，我每次都按例冲过去，抱住她，再被她挣脱开来，一边骂我一边跑远，啊她身上的味道，啊她头发的味道，啊我的心。

五年的光阴它匆匆过呀，没有谁能把它留。

我这五年没干别的，就是冲过去抱住她，用全部的力气吸吮她身上的味道，再被她推开，在众人哄笑声中痴痴地看她的背影——不，这不是我做的唯一的事情，我还在积攒火药，我在工程营发现了火药，就像我在心里发现了爱情，我积攒爱情和火药这两样事物。

双云想走这件事，是她告诉我的，有一次我抱住她，她一边挣扎一边回头在我耳边说，你把我弄走，我得回到我的族人那里。

所以我积攒火药和爱情，都攒够了，就可以来一下子了。

你可以爱一个人爱多久——炽烈地、认真地、无条件地？我不知道，我陷于爱情，完全丧失心智，心里只有火药。每天偷一点火药带出来，就像偷了一点爱情带出来。于是这天，我站在窗口，看着节度使大营，等着线香燃尽。

按照我和双云的约定，她借口出游，带着自己家族的仆童离开节度使大营，等到爆炸，她出城等我。咣当一声，爆炸了，节度使大营腾起黑烟，接着听到人远远地喊，哎呀烧起来啦。我捧着苦茶，一边啜饮一边等着，火势越来越大，满街都是嚎叫声，是时候了。

我飞身下楼，翻身上马，箭也似冲出城去，城门塞满了逃亡者，我催马狂奔，来到事先约定的地点——如你所料，双云不在，我在窗口看到她的那一眼，就是永诀。我站在那里等到天黑，也没有看见双云。燧州在燃烧，就像这个世界上最盛大的节日，我徘徊良久，左右无计，我烧了一个城，也没有得到她的爱情。

也如你所料，我返回了燧州，返回了节度使大营，我坐在最汹涌的火焰中，饱蘸笔墨，在已经燃起火苗的纸上写下我的爱情——解怨释结，更莫相憎，一别两宽，各生欢喜，灰飞烟灭，各得其所……你走你的路，用我无法追赶的脚步，

我也许将独自跳舞，也许——写到这里，我居然笑了起来，唉，爱情多么有力量。

公元905年，燧州烈火，三天不熄，此后燧州撤销建制，永远地，永远地从地图上抹去了，你都不知道有过这么一个地方吧。

离汤

是不是每个存在物都在寻求所谓"存在的意义"？

如果你们向我寻求答案，恭喜你，你这算找对了人啦。

我的药里，有一种帮助人们认识到所谓"存在的意义"的。这一味药，叫作离汤，你喝下去之后，就离开了一切，自此拥有了一颗茫然之心，你置身于万千人流，心里茫茫一片灰色，如同盲眼之人所能看到的事物。

事实上，自从我配好了离汤，也只卖给过一个人，一个个子高高的中年人。真难为他能找到这里，我这个诊所在杂乱破败的城镇边沿，四处横流的污水和野狗撕咬的尸体包围着它。

他拉着骆驼来到我的诊所，说，大夫，请让我离开一切。

我刚好配好了离汤，尚未有人试验，这个傻骆驼来得正好，于是我收了钱，将离汤煎好，沥在一个破碗里端给了他。

他接过药碗说，你连个整碗都没有。

我说，喝了药你就不这么觉得了。

他举着碗要喝，我说，大个子，你先想好，一旦喝下去，按照药性，你将远离一切，但到底结果如何，我也不知道。

我话还没有说完，他的药就喝完了。他放下碗的刹那，眼神变得茫然，略微带着三分笑意，那种满足的眼神，不再寻求意义的眼神，猛一看以为是顿悟了的笑容。

他说，真美，我看你是你，不再具有意义，这碗的边缘再破碎，也能盛饭盛汤。

他说完就走掉了，牵着骆驼，眼神茫然地走向远方。

我看着他的背影消失，一时间不知道自己做了好事还是坏事，我就这么坐在柜台后面一直想，想到了天快亮的时候，我也给自己喝了一碗离汤，也用那个破碗。

不要轻易在午夜飞翔

我突然醒来，睡着了几秒钟，耳边乐音响彻——但事实上没有，万籁俱寂。

害怕早起，更难入睡——因为要早起工作而感到愤怒——坏人会因为发现了抢劫对象而愤怒么。

这些天，每晚都看一集《老友记》，从第一季开始，每天都看。

遥想当年，我身中蛊毒，卧床不起，整天窝在被子里看《老友记》，屏幕上笑声连天，我在黑暗中笑中带泪，很辛苦的。

我看到第九季，就停止了，不想看最后一季，每次拿出来，就又放回去，我深恨它要结束。

所以我不知道后来发生了什么。

后来发生了什么？

歌声，跳舞的人，含混的茶的香气，远处，轻微的咳嗽声。

午夜，狗在街头站着，四处看看，趁着夜灯昏黄，趁着彩云遮月，就加快了步伐——越跑越快，呼啦一下，飞了。

这就是那只黑色的、耷拉着大耳朵的猎犬，名叫稻草人。

除了双手清醒着，我身体的其他部分都睡去了，手绝望地站在键盘上，用力敲打键盘，敲出更为绝望的汉字。

全世界的狗都来自同一个地方——是所谓"狗的故乡"，那个地方叫作僵個，吃安产，喝吾哀槐，僵個。

僵個是一个岛屿，四面汪洋，岛上长满错落拥挤的熏黄树，这种树，结下来的果子，就是狗。

人间死一只狗，熏黄树就成熟一枚果子，跌落在地下。

这样，人间就多生出一只小狗，有的是金毛，有的是柴犬，有的是秋田犬，有的是土狗，样子更憨厚可爱。

果子腐烂之时，就是狗的灵魂回来的时候，彼时岛屿闪烁光芒，金黄色，刷的一下。

但是，但是，午夜飞翔的狗，没有这样的故乡。

这是一个令人低首徘徊的时刻，那些迅速掠过夜空的野狗，你们没有故乡啊。

贩梦

梦的价格100块钱一夜，这是标配梦境，内容：黑白色，没有故事情节，不能存储。

彩色的梦要加钱，带故事情节的、能存储的梦要加钱，与性有关的梦要加更多的钱，能让人性高潮的梦要加更多更多的钱。

即便如此，我贩的梦还是供不应求。有个胖乎乎的男孩，花高价在我这里连续订了18个晚上的美梦，有关裸女的，有关天堂的，有关古代的。

我从呈城带回来的梦很快就要卖光了。

贩梦者须是心怀绝望的人。你去贩梦，守梦人会测试一下，看看你是不是像你说的那样心如死灰；假如你内心尚存一点希望，守梦人都不会把梦卖给你。

　　贩梦者，自己不能做梦，这是规矩。好，假如你的心充满绝望，守梦人就匀给你一些梦境。梦都是成套卖的，不单拆，因为守梦人也为难，噩梦谁都不想要，可是呈城的梦乡每天都咕嘟咕嘟往外吐梦，有美梦，也有噩梦，守着太多噩梦，谁都受不了。

　　贩梦者会耍点小计谋，将噩梦打碎，掰成小块混在美梦里卖给客户。有些客户反应，在绿草地上看见了流血的女人。混入的噩梦大体上都是小碎片，一般来说，美梦里混入一点噩梦的小碎片并无大碍，梦境仍旧美好，在天堂里偶尔看到一只残手，谁也不会很在意。

　　我把剩下的三个梦归置了一下，两个好梦，一个噩梦。我把噩梦打碎，掰成小块混入好梦。我这么做也是出于无奈，贩回的梦不能弃置，这也是规矩，是规矩都麻烦。

　　现在我手里有两个梦，都堪称彩色好梦，可以标一个好价格。我把第一个梦卖给一个公司高管，他最近升职失败，亟待好梦疗伤，于是花高价买走了那个梦。第二个梦，是一个关于飞行的梦，在蓝天白云间自在飞行，价格不会太高，我往里掺了点噩梦碎片，卖给了一个喝得醉醺醺的中年男人。那个男人一直在晃他的脑袋，他说，他曾经被子弹打中头部，之后就一直这样晃脑袋了。我给了他那个梦，他拎着梦回家了。

我开始收拾行囊，准备去呈城贩梦。收拾好行李，喝了一杯咖啡，我准时躺在床上，等待睡眠来临。

睡眠尚未来临，门铃急促地响了起来，我只好穿着背心短裤去应门。打开门，那个一直晃脑袋的中年人站在门口，手里拎着一把刀子。

怎么了？我说。

他骂了一句，挥刀刺进我的胸膛，我咣当向后摔去，脑袋磕在花盆边沿上。

他向前一步，脚踩着我的胸膛，晃着脑袋说，你给我的梦里掺了什么？

什么也没有啊！正经的一等好梦！我费劲地喊道。

去你的好梦，他说，那个梦里出现了她，那个老女人，像从前一样，砰——对准我的头开了一枪。

我冤枉啊大哥，我喊道，我冤枉！我那是正经的——

话音未落，他的第二刀刺进了我的心脏，我看见他嘴巴动弹却听不清他的话，随即，我的眼底反光消失，我坠入了黑暗，也坠入了虚无。

唉，我，其实，早该死的！

贩梦番外篇

我翻看《呈城县志》找到的一些材料，著述者不详，疑为都尉火器营工匠，这几页材料夹在他本人著述的《开山火器谱》中，后被编入《呈城县志》"散轶"文献，文献记载了这样一个故事：

三月廿九日，呈城政变，叛军在都尉率领下攻击王宫，国王被侍从杀死，王子带领十余铁骑逃亡。

我本是国王的追随者，我忠于谁不忠于谁，对百姓并无大碍，只要有一口饭吃，忠诚之类的事情原本也并不是那么要紧的。

我本以为叛乱会很快平息，换一个新国王，总会继续过日子，便未作更多打算。谁知道王子带了邻国的军队前来复仇，都尉自然率军抵抗，他用泥砖瓦块将城门封死，只在城墙御敌。

仗打了三个月，能上阵的男人都拼光了。七月里，城里眼看断粮，都尉得知还有三天备粮可吃，便吩咐下去，将可以食用的战马、粮食、牛羊等等聚拢在一处，做成一席大餐，着全城人丁来享用。

我领了我的那一份，忙着给阿端送去，我知道吃完这一餐，怕就要倾城动员上阵了，我虽是工程匠，恐也逃不过这一劫，这份大餐，还是给阿端送去吧。

我寻着阿端，她家里也领了餐，正吃得火热，见我来，阿端就出来靠着门框和我说话。

我说，我把我这份儿送来，你们家里吃吧。

那你吃甚来？她问我。

我吃罢了来的。我撒了个谎，不想让人家知道我好像一份饭也要图个啥报答。

她就没说话，拎着饭进去了，回头跟我说，等天黑尽了，你再来吧。

我答应下来，转身往工匠营走，走了一会儿，就看见一街的人都出来了，像鬼影子在飘，飘几步就倒下，嘴巴里吐出白沫死去。

全城的人，男人，女人，老人，小孩，包括阿端，都死去了。全都死去了。

都尉在大餐里放了毒药，他恐战事绵延，最终难逃一死，索性以全城殉葬，成全他的伟业。

我一个人在呈城飘荡，背上背着阿端的尸体。

哪儿哪儿都是人，死去的人。所有的水源都被污染了。

我精疲力竭，我一个人，我在呈城飘荡。

我想好了，等敌军破城，我就一个人站在大街上，手持宝剑，等他们的铁骑从我身上践踏过去。

故事到这里就结束了，那个工匠的命运不得而知。

可以肯定的是，呈城并未被攻破，就在全城殉葬的那个晚上，邻国的军队连夜开拔，撤离了呈城外围，因为邻国也政变了。

邻国军队一撤退，王子自己知道无力破城，便带着他的忠仆一路逃往漠北，在一个荒僻小镇建立了他的新王国。

呈城就这么封闭了一百多年。直到突然有人想起这座城池，派了探险队来探险。他们凿开城门，看到的是一街繁华景象，男人女人白衣若雪，空中桃花纷飞，满街走着白骆驼，城池中央的大十字街，守梦人正用一个大瓮揽梦，他拿着大勺子，将一勺勺琉璃般的梦境盛进大瓮。

枉杀

看杀头的都走了，头颅独自悬挂在木桩上，思前想后，觉得自己冤枉，于是缓缓闭上眼睛。一会儿觉得，一世界清朗，蝴蝶和鱼都来了，花从颈子下开放出来，包围了自己，让自己美。远处，自己的身体，正被猩猩吠叫的野狗分食，哎呀，疼还在。

偷云

商量好了去偷云，事先必须做好一个装云的大口袋。

你还得设法弄一架飞机，不然你够都够不着还偷个鬼呀。

于是潜入破旧的机库，偷出来一架霍克3型飞机，这架飞机破得都不行了，仔细看斑驳的铭牌，生产于1922年，你服了吧。

哟呵，飞机飞起来了，我推动驾驶舵，让飞机爬升。你赶紧，站在我身后，把那个舱门推开，你张开装云的大口袋啊你。

云都是有数的，一共一万朵，每天放出来几千朵，在世界各地的上空晃荡。在呈城，私人不能拥有云朵，拥有了就属于违法，要被抓起来。

霍克3穿越云层，找到最白最甜最丰满的云，装进大口袋。云吧，有点像棉被，弄好了一个口袋能装两朵，但我们只偷了一朵，呈城最近对云朵看管很严，小心为妙。

如果这是一个漆黑的夜晚，如果你有彩灯，你就把彩灯塞进云里去，然后你躺在床上，把云放出来，让它在天花板上待着。

偷云也没有什么商业上的目的，就是想在这样的一个晚上，躺在床上，看一朵云在天花板上，闪闪烁烁，明明灭灭。

云丢了的事情，被发现了。

到处都在追查，只好把云暂时收起来，等着风头过去。我想，找个大晴天，到呈城外，把云放出来，让它舒卷起来。

熬吧，这风声紧张的黑夜。

温暖珍贵的记忆

南良木匠

黑泉水

听，歌声

不如相忘

甜蜜蜜

第二辑　亦真

这是我今晚发现的秘密

我告诉你们啊

人的性格和人的命运往往紧密相连

温暖珍贵的记忆

我有些偏执地认为，只有狗才心怀温暖美好的记忆，人则不心怀这种记忆，人着急赶路，背着抱着不免疲累，所以我坚信大眼睛姑娘的记忆里没有我。

二十六年前的冬天，我头戴一顶高筒栽绒帽子，脚蹬大皮靴，像个哥萨克骑兵——我当时是这样认为的，现在不这样认为了——回到玉门。此行，我去玉门看望我姥姥，我妈妈一家子都将齐聚在玉门——关于玉门的事情是这样的，在某种热情和信仰的支撑下，我妈妈的家庭在此苦寒之地寻找石油，她也在此遇到并嫁给了我爸——我爸是一个乐观与悲观交织、有着威风大胡子的老爷子，因为他的一系列乐观举措，导致我们家的生活丰富多彩。

好，二十六年前，我还是一个少年，头戴高筒栽绒帽子，走在火车站的站台上咯噔作响。我和我妈、我弟在玉门下了火车，需要换乘一辆公共汽车，走很长时间才能抵达市内。天气冷得要命，所幸我有大帽子。

公共汽车上的人特别多，多到残忍的地步，在汽车开出的最初十几分钟，我被周围的人挤成悬空状态，有一种陡然长高了一点的感觉，这感觉让我有点恶心眩晕。

大眼睛姑娘和她的男友就站在我的身边，紧紧靠着我，在昏黄车灯的映照下，她呈现出一种玉石般的质感，这种质感只有你们城里姑娘才会有，我们乡下姑娘呈现的往往是一种植物的感觉——比如正在抽穗的玉米。

大眼睛姑娘偶尔会看我一眼，她看我的时候，我就看别处，她不看我的时候，我就偷眼看一会她，所以我一直记得她的样子。

在我对玉门的残存记忆里，大眼睛姑娘占据较重要的比例。接下来的记忆和游戏厅有关。第一次到游戏厅我试着打游戏，但很不擅长，显得笨拙。这时一个小孩走过来说，哎呀这都不会，你把币投进去我教你。

我就投币进去，小孩开始熟练地打起来，打完了之后这小子就走掉了，合着我就是给这小子投币来的。

玉门就算再荒凉破败，还是个城市啊，比之我们乡下地方，自然热闹了许多，竟然有游戏厅，还有在游戏厅里流连的小孩。而我，已经初步着手建立自己威信和声望的乡下孩子，在这种哪怕是最荒僻的城市，都显得较为土鳖。

再接下来的记忆，是戈壁滩。我和表姐表弟走出城去，不过几分钟，就到了世界尽头，一条巨大的、梦里才会出现的深沟横亘在我们眼前。举目四顾，一片寂静，有一丝风声从地平线上抽泣过来，极远处，是祁连山的雪顶子。我记得内心涌动着文学的海水，它们哗哗地冲击着我，让我很冲动，特别想写诗，于是我击节而歌：

羌笛儿啊你又何须怨那杨啊柳儿哟，

那春风啊它可从来不度那个玉门关儿哟。

我表姐比我大一岁半，显得比较冷静，她站在深沟的边上，看着远处，想了一会儿心事，也不说话，也不咳嗽。

在这种心事重重的氛围下，我们转身往回走，回家的路突然比来时的路长出去很多，也不知道是哪里出了岔子。

回到姥姥家，夜色已经降临，此时无人知晓，这个灯火璀璨的城市，将在二十多年之后消失。

结尾是这样的：

一只狗，怀有温暖珍贵的回忆，独自走在夕阳下，它走累了，就坐下来，望着远处，吐着舌头。

南良木匠

01

有个地方，叫南良。

南良有个木匠，20岁出头，长得俊俏好看。

南良有个磨坊，磨坊的老板娘也20多岁，长得俊俏好看。

02

木匠和磨坊老板娘两相吸引，不知什么时候开始，就勾搭上了。恰逢磨坊老板去乡下收蓖麻瓜子葵花小麦，木匠和磨坊老板娘就趁这段时间日夜厮混在一起。

老板就快回来了，老板娘说，我丈夫要回来了，你可就别来了，免得生出什么事端。

木匠回家忍了几天，忍不住，就去找老板娘。老板娘吓坏了，塞给他一百多块钱，说，哎呀冤家，你别再来啦。

木匠就回去了——过了几天，又忍不住了，就又去了。老板娘不敢见他，委托了一个老太婆做说客，说，老板娘不能见你，让我转交你200元钱，算作一个了结，好不好？

木匠说，你想得美，她要不见我，让她等着，我用炸狼弹——南良是山地，多得是狼，村民家家都有炸狼弹，就是土炸弹——从她们家烟囱丢进去，炸死她全家。

人都说祸从口出，这话一点不假啊——老板娘思前想后，不敢隐瞒，把这事前前后后都跟丈夫交代了。丈夫说，好，让他来炸。

木匠还没来炸磨坊，磨坊老板已经带着兄弟舅子七八个人来找木匠，见了也不说话，冲上去按倒在地，将木匠双目剜去，脚筋割断。

磨坊老板、兄弟舅子，都抓了，判了。木匠盲了，残了。

03

春来时，盲木匠爬进县大院，要申诉，要上访，说判给他的赔偿太少。县里公安法院谁都知道是他先睡了人家媳妇，又要炸人家磨坊，纷纷拿冷眼看他。他闹了半天不见动静，就走了。

夏天，省城有消息来，说盲木匠在省城东风广场举着一个大木牌子喊冤，而且把话都往反里说，说磨坊老板睡了他老婆，又带人将他双目剜去，打伤致残。一时间同情的人围满盲木匠，有捐钱的，有捐饭的，还有帮着写状纸的。省城让县里出面解决，县里派了干部去省城，也举了大牌子站在木匠旁边，用高音喇叭辟谣，消除影响。

群众也就散了。谁知道这时候，斜刺里冒出一个老外来，把事推向另一个极端去，那一端，又是一条人命。

04

老外，是外国人，在省城的医学院教书，路过这凄凉无助的盲木匠，见他实在可怜，就在广场不远的地方，租了一间小屋给他，又给些钱款帮他度日。

中秋节的时候，老外动员医学院的学生去帮助盲木匠，叫作"献爱心"，学生们就去了，男男女女，帮着浆洗缝补，把盲木匠拾掇得挺干净整洁。有个女学生，脑子不知道怎么激荡了一下，就跟盲木匠睡了，女学生跟同学说，这是恋爱了吧，这就是爱情吧。

盲木匠自然也是高兴的，生活陡然变了样子，他不知道女学生长得什么样子，但他一定是细细地摸了的。

盲木匠用绳索勒死女学生的消息，传遍了医学院，凡听到的，没有不浑身战栗的。盲木匠也战栗，但他盲着一双眼睛，残着一双腿脚，哪里都去不了，只有被捉的份。盲木匠说，我不能让她走，她走了，我的世界又陷入黑暗。

女学生要毕业实习去，临行前，洗洗涮涮，帮盲木匠换了床单被子里外衣裳，夜黑还陪了他睡觉，两人欢愉了之后，女学生沉沉睡去，盲木匠从身后摸出绳索来，摩挲着套上女学生的颈项，用力拉紧，不放手。

他想不出别的办法可以留住女学生。

盲木匠被枪毙了，此时，距离他背着木匠家什，第一眼看到磨坊老板娘，一年半的光景。

05

这事儿听着离奇，竟然是真的，就发生在南良。

一个过去的法官，现在的反贪局长给我讲了这个故事，这是我这一晚听到的三个故事之一。

黑泉水

01

这年夏天，东省制药厂的供销科长池而彬到黑泉水去搞销售。东省到西省，铁路距离是3600公里，池而彬跨越这3600公里，奔赴命运的拐点。

02

黑泉水出石油，所以才叫黑泉水。

池而彬厂里生产的药，在黑泉水打不开局面，池而彬不服，亲自来了——池而彬家，有人在朝为官，且是大官，但池而彬不想沾光走门子，他年轻漂亮有热情，大学毕业有文凭，凭什么不能闯出自己的一片天地。

到了西省的省城，池而彬下了火车，换长途车去黑泉水，还有五个小时的车程，窗外黄沙漫漫。

邻座坐一个少妇，领着一个两三岁的小男娃。少妇长得好看，就是脸冷，没有表情，眼神是空的，看着窗外。

池而彬刚开始也心猿意马，见少妇没有反应，只好收拾了心神，思考着怎么开拓市场这件事。

四个小时过去，太阳赤红，黄昏要来。少妇突然扭头看着池而彬，眼神里全是内容，接着将头轻轻放在池而彬肩上。

03

少妇是黑泉水人，丈夫去外地做工，自己不免寂寞，就带了儿子去省城转了两天街，转回来，在车上遇到了池而彬。

下了长途车，池而彬和少妇急忙赶回少妇的家，安顿好了儿子就上床欢愉，欢愉即毕，池而彬说，我洗个澡吧。

少妇就拿出丈夫的睡衣说，洗完换上这个，我再帮你把衣服揉了，都叫汗水浸透了。

池而彬洗了澡，换好别人的睡衣，坐在沙发上看电视，少妇在卫生间里给池而彬洗衣裳，洗好了衣裳，少妇拿出西瓜和西瓜刀，说你把西瓜切了吧。

门锁吧嗒一响。

04

丈夫推开门，吓了一跳，一个男人穿着自己的睡衣坐在自己的沙发上，身边歪着自己的老婆。

池而彬就像一家之主遇到不速之客，张嘴就问：你找谁？

丈夫说，我操你妈。

池而彬和丈夫厮打起来，少妇不知道该帮哪头，只能作壁上观。俩人打累了，鼻青脸肿都停了手，呼哧带喘坐下来。

丈夫说：不成，你得写个悔过字据给我。

池而彬说，这事我错了，我写就写。

丈夫说，你还得写，欠我一万元，限期一年还清。

池而彬说，我写，你放心，我不但写，这钱我一定给你。

写完字据，池而彬换上湿乎乎的衣裳，就走了，连夜离开了黑泉水。

人的命运，跟人的性格紧密相连，池而彬的性格，有一部分很男人，想做正确之事。

05

正确之事包括：实践承诺，诚信为本。池而彬离开黑泉水，回到西省省城，去银行取现金，但是他带的牡丹卡却因故不能提现，也不能转账。

池而彬回身就坐上长途车回到了黑泉水，他来到少妇家，少妇家跟昨天一样，一片狼藉，少妇和丈夫都还在沙发上发呆。

池而彬说，我跟你说个事，我那个牡丹卡——

丈夫大怒，问候了池而彬的祖宗。

丈夫的本意，并不真想要那一万块，只是让他留个悔过字据，赶紧走了算了，大家都有面子。不料池而彬这一根筋，又转头回来了，想解释这个牡丹卡的事情。

俩人再度厮打起来，丈夫怒从心头起，明显比昨天愤怒，池而彬吃打不过，顺手抓起茶几上的西瓜刀，一刀扎进丈夫小腹，之后拔刀就跑，跑出房门，在走廊内发足狂奔，少妇哭喊着冲了出来，一把抓住池而彬，池而彬反身一刀，刺进少妇胸口，一刀毙命。

06

人的命运，跟人的性格紧密相连，池而彬的性格，有一部分很男人，想做正确之事——池而彬跑回西省省城，扒煤车、扒火车逃回东省，来到东省省城投案自首。

东省的公安都傻了，心想池而彬你是傻呀还是缺呀，你再往前跑几百公里，就是俄罗斯了。可是公安这话又不能说出口，按律将池而彬刑拘，等西省来人。西省人来，连夜将池而彬带回，一死一重伤，供认不讳，按律当斩，判了死刑。池而彬的女友来过一次，后来就不来了。到要执行了，问池而彬有啥遗言，池而彬说，没有。就这个节骨眼上，女友来了一封信，法院说要不你先看信吧，看完信再说。

池而彬接过信，撕成小碎片，说，我看完了。

从容赴死。

池而彬的性格，有一部分很男人，总想做正确之事。

07

这事儿也是真的，就发生在黑泉水。一个过去的法官，现在的反贪局长给我讲的，这是我这一晚听到的三个故事之二。

听，歌声

01

有个小伙子，犯了法，判了死刑，立即执行。

刑庭新分来两个女大学生，第一次跟着执行死刑，心里忐忑，紧张好奇，对着镜子照看自己的装扮，照完了又互相打量，够不够威严，够不够妩媚。

小伙子是穷地方来的，贩毒，贩了一面口袋，一百个脑袋都够杀了。

收拾已毕，女大学生跟着来到现场，武警去提人，先听见脚步和铁镣动静，接着就看见人，小伙子，多么漂亮的人才，眉眼鼻子嘴，肩膀脖子腿，没有一处不惹人爱的，女大学生都看傻了，心想，你干什么不好偏要去贩毒，现在马上就要死了，你说你可怎么办啊。

02

验明正身，换戒具，执行绳，颈绳，脚绳，小伙子一直羞涩地配合着，该说话时就点头。

是的。

我是。

没有遗言。

没有什么要说的了。

他说一句，女大学生的心就跟着颤一下，他说了四句，女大学生的心就颤了四下。

捆扎结实了，小伙子抬起眼睛看了看女大学生的方向，接着就被武警提溜走了。

一窝蜂，相关人员都涌上车去。

03

秋风紧，芦花白。风吹芦花，白茫茫一片，像太阳底下飘大雪了。

小伙子被提溜下车，女大学生下意识地往前走了走，靠得近了些，一是心里惦记，二是心里好奇。

有执行法官念文书，念出来的字被风吹走。就在这个时候，小伙子突然唱起歌来。

他唱的不是大家熟悉的流行歌，应是他家乡小调，声音也不大，旋律也不复杂，像对着谁说心里话，委屈伤心，思念重叠，呜呜咽咽，他眼睛看着白茫茫的芦苇荡，好像里头站着人，他就对着那个人唱。

女大学生的立场一下子就模糊了，眼泪一下子就涌出眼眶，两个人像电影里的女群众，看着慷慨赴死的英俊地下党，强忍悲伤，眼泪止不住地往下流淌。

打枪的瞬间，女大学生不敢看了，躲回车里去，连听都不敢，捂住耳朵，可还是听到歌声，穿越空气，车门，手掌，钻进耳朵，钻进心里，接着砰的一声响，什么声音都没了，一片死寂。

04

两个女大学生被开除了，因为她们的眼泪。

后来，女大学生到处给人讲这个故事，有时候讲着讲着，突然凝神不言语了，听众不免发毛，问，你怎么了？

听，歌声。她们说。

05

一个过去的法官，现在的反贪局长给我讲了这个故事，这是我这一晚听到的三个故事之三。

不如相忘

R是我的朋友，他给我讲了一个故事。

多年前，他爱上一个发廊妹，他们一起承受了很多很多。

他们在一个暴雨之夜被警察破门，硬生生抓到派出所，每人罚款8000。

女孩在偏远地带开了一家发廊，总有恶少骚扰，R就彻夜不眠，提着大棒子巡逻。

R的住地搬迁，离女孩远了，他徒步从深山里走出，十几里山路，走到发廊看一眼女孩。

R越搬越远，为了联系女孩，他买了一部当时十分昂贵的手机，为了跟女孩说上几句话，他经常爬上山顶，山脚下没有手机讯号。

后来，他们分开了，彼此失去音讯，但是他忍不住，又跑过几个省去找她，虽然连她在哪儿都不知道。下了火车，热得一身臭汗，想去找个地方洗洗，看到不远处一家发廊，冲进去，接待他的，正是那女孩，俩人都愣住，被现实吓傻了。

他还讲了很多，我听着，他缓缓讲，眼睛看着天花板。

甜蜜蜜

有没有人，因为爱邓丽君，遭了一辈子罪的？

几年前，我在长春电影制片厂的影棚里，负责一个电视节目的拍摄工作，在那儿住了几个月。组里有个摄影二助理姓张，岁数比我大一点，挺高的个子，走路一晃一晃，显得有点吊儿郎当，他在摄影组负责推轨道、搬器材，人比较倔强，喜欢抬杠，但大体上——除了眼神有点愣，有点冷——看不出异样。

就是他，因为爱邓丽君，遭了一辈子的罪。

邓丽君刚流行起来的时候，大张喜欢听，不但听很难搞到的磁带，还听对岸的电台，有一个电台叫"中广流行网"，我小时候也听过，每天24小时播对岸的流行音乐，都是好听的歌——在那个年代，听对岸的电台，叫作"收听敌台"，是一种犯罪行为。

大张听敌台里说，要是喜欢邓丽君，就给她写信吧。

于是，大张这个无知的、被爱冲昏头脑的笨蛋，就给邓丽君写了信，还不止一封，据说二十多封。这些信，邓丽君当然没有收到，它们通通落到了有关部门的桌面上。

结果可想而知，他被叫去谈话，接受教育，遭骂挨打，还被关了一段时间。

他妻子就走了，不跟他过了。

没有女人愿意跟他过——人们认为，听敌台不算什么，但是傻乎乎地给邓丽君写信，就说明这家伙心智有问题——谁愿意跟一个心智有问题的人过日子呢？

大张有些沉沦了，破罐子破摔了，整天晃荡，说话很冷，很愣，跟人抬杠。个别同情他的人，逢着有戏拍，就找他当个助理啥的，他也不是不好好干，但总是跟人别扭着劲。

我知道他的故事之后，总是设法关照他一些，也不敢过分，怕他察觉，但他似乎还是察觉了。有一天我正吃饭，他晃过来，在我身边坐了会儿，抽了一支烟，说，你啥时候再来啊？

我含着饭说，应该都会来吧，只要节目继续做，我每年都来。

他眼睛看着影棚里黑乎乎的角落，点点头。

几天之后，拍摄工作完成了，我离开长春，因为种种变故，我开始监督后期制作，长春我没能再去。

大张的消息就断了。

立一个六年

另一个六年

孤独之心

一个无处倾诉的人

失火的狼

第三辑　无解

你不知道我的18岁到33岁都发生过什么

但不怪你

因为你不在场啊

在一个下午

　　他对着镜子修剪鼻毛。他有三把剪子，两把已经生锈了，那把英国造还没有生锈。这个下午，他用英国造的剪刀修剪着鼻毛。

　　阳光从热烈到硬冷，风从敞开的窗户灌进来，将白色的纱帘掀起，徐徐放下，再掀起。

　　他赤裸着身体，浑身的水珠滴落在地毯上，风吹进来，他的肌肤上腾起细细密密的小疙瘩，汗毛耸立起来，再缓缓平伏下去。

　　他放下剪刀，做了一个伸展动作，开始穿衣服。他作法的时候，对穿什么衣服并无特别要求，他今天想穿衬衣和牛仔裤。他找出一双深红色的袜子，搭配棕色麂皮短靴。他系上一条猩红色领带，将头发吹得一丝不乱整整齐齐，再用发蜡擦亮。

现在，他站在镜子前打量着自己，从业多年，作法无数，杀掉的人和救下的人命一样多，这让他自己满意。

阳光仍在，照亮了邻居住宅的姜黄色外墙，反光强烈。他觉得有点刺眼。

他坐在沙发上啜饮浓烈的咖啡，在里面掺了一点儿威士忌，这能让他看起来面色红润——这是他觉得困扰的问题，他总是那么苍白。

他发现衬衣下摆有一个小小的污渍，有小指甲盖那么大，类似咖啡痕迹，但不确定。

他起身换了一件衬衣，用墨绿色灯芯绒衬衣搭配猩红色领带。

好，这就要出门了。

他拿起钥匙包、手机、钱包。

他打开檀木匣子，发现作法用的玉符不见了。

玉符只是一块玉牌，也没有什么特别，但法力主要附着在玉牌上，他自己只不过是召唤法力出来而已。再说明白一点儿，没有玉牌的他，就跟咱们这些普通人一样，浑浑噩噩，蝇营狗苟。

他站在原地，以自己为中心四下扫视，目力所及，就是他生活的全部——四十平方米的公寓，一眼能看尽的家具和摆设，没有玉符的痕迹。

他开动脑筋，开始回想上次用完玉符自己把它放在了什么地方。没错，就是放回了檀木匣子，匣子就放在书架上，这些东西从一开始就这样摆放着。

他从房间尽头开始，一点一点地翻检杂物，他打开那些落满尘土的纸袋，尘土飞扬，呛得他打起喷嚏，他只好找来纸巾，一边擤鼻涕一边翻找。他找到无数旧物，有很多都跟鹿有关，可见鹿离开的时候，并未全部带走她的东西。

可是玉符始终没有找到。

整个下午，阳光从东边的窗户，渐渐转移到北边的窗户，最后从西北角落沉下去。

他在这个下午翻检公寓里的每一寸地方，寻找玉符。本来说好了，四点半出门，驾驶轿车抵达呈城，那里有车接他，坐着车去某个地方——这个地方现在他还不知道——作法，除掉一个背叛爱情的男人。可是他找不到玉符，找不到玉符他无从施法。他打电话给雇主，编了一个可笑的理由，修改了时间。

在这个下午，阳光变得越来越冷，他翻找旧物，寻找玉符。他没找到玉符，但他发现了不少鹿的东西，他捧着这些东西，心里充满怀念。

另一个下午

好像是在做梦，又好像不是。

他摇摇晃晃站在卧室和浴室之间，手扶着墙，胃里翻腾着，终于呕吐出来。

战争结束之后，他返回故乡，除了身上的伤痛，一无所获。打了三年仗，他的双手落下颤抖的毛病，左腿髌骨永久性损伤，口涎总是不由自主地流淌出来，这是面部神经受损的后果。

他扶着墙跪在地上，大口大口地呕吐，吐到肠胃痉挛，嘴巴里泛起苦涩的胆汁味道。他呕吐完，哎哟哎哟地呻吟着，起身找出纸巾，擦去嘴角上的残渣，慢慢走到沙发前，一屁股坐下去，像一个老人一样喘息不止。

阳光黯淡，灰色的光芒勉强照亮空荡荡的庞大旧宅。

旧宅是中西合璧式样，曾经是王府，现在影壁上还留着"一等诚嘉毅勇侯辅国将军府"几个字，几经岁月，已经看不清楚，但他知道那几个字，小时候记住的。宅子又大又空，他常用的房间只有两间，剩下的十几间都空着，夜半常听见野猫进出。

浴室中间，放着一个洋式浴缸，八只金色的虎脚，驮着一个洁白的澡盆，这是他最爱的地方。每天他都往澡盆灌满热水，待在里面看书，一直待到水冷，才一跃而出，带着一身的水爬上床去。

他点燃煤油炉子，开始烧热水。

昨天他看的书里，说到一个男人因为背叛了爱情而遭受魔法袭击，变成了一条野狗。今天去浴缸旁边的书架上找那本书，怎么都找不到了。

他顺着书架上的字母翻找那本书——他的书都是按照字母顺序排列的，他不用常见的分类法，所以他的书架上，《战争的历史和反思》旁边排着的可能是《炸鱼的六个常用技巧》，或者《扎合塔尔古语探源》。找不到想看的书，他就随手抽出

D 部的《登纳传》。登纳是谁，他并不知道，封面上，印着一面残破的旗帜，这面旗帜使他掏钱买下了这本书。

水烧热了，热水顺着黄铜管子灌满了整个浴盆，他费劲地躺了进去，将隔板架在浴盆上，隔板上放着红茶和烟，还有眼镜。

太阳偏斜，阳光灰薄，他戴好眼镜，翻看这本传记。登纳是一个将军，协助他的国家赢得战争，最后被国家和人民抛弃，孤独老死于荣军院。登纳死之前，握住男护士的手说，我这一生，受功名所累，杀人无算，伤人无数，我放弃一切追求功成名就，其实我所得到的，就是眼前这肮脏的被单和你的手，你在等我死去，好将我的尸体尽快送走，但请你多握一小会儿，待我全然死去，你再松开。

他看到这里，感同身受，唏嘘落泪。

他所不知道的是，因为他沉浸在书里，忘记了关掉煤气，煤气炉不受温度控制，若不及时关上，水箱注满后水会自动停止，煤气会外泄。

煤气开始外泄。

这些细细外泄的煤气，混在水蒸气当中，慢慢地弥漫了整个房间。

孤独之心

他对着镜子刮脸。刮脸是个技术活，有的人，刮了一辈子，每次都刮破。

他对着镜子审视自己，这个男人，脸上所有的线条，全部向下，即便是竭力微笑，你仍以为，他很伤心。

他刮完了脸，从脸盆里撩水，扑哧扑哧地洗脸，脸上的肥皂味道让他觉得自己干净，衬衣上都是水。

搽雪花膏，接着换衬衣，打发蜡。不可以弄错了程序，有时候换背心的时候，会把刚刚梳整的头发弄乱。他有一张头发凌乱的照片，那时候还在边疆，一身的旧军装，站在山岗上，被南来的春风吹得站不住，头发飞舞。他那时脸上线条结实，向上，经常笑，走路飞快。

那时候，在边疆，不打发蜡，也不怎么刮胡子换衬衣，脚上的大头皮鞋是法国货，从一具死尸身上扒拉下来的，一试，正好。

现在要刮胡子打发蜡换衬衣搽雪花膏了，现在不大会笑了，一坐就是半天，听人家说话，拿着一支铅笔在本子上写写画画，其实也没真记下什么要点，纸上写的都是全无线索的话，写完了就撕碎丢掉，不给别人解读的机会。

换完衬衣，拿出皮鞋穿上，他爱这双皮鞋，意大利造，脚舒服，在鞋里头，脚趾可以四处活动，觉得自然。这双鞋，他每天自己擦油打蜡，回家就换下来，伺候干净了放好，跟枪放在一起。

枪，是斯普林菲尔德牌的1911式手枪，一个美国人送给他的，因是高级别的同僚，这种馈赠也不需上缴。他喜爱这支枪，没进城之前，总随身带着，进城之后，不让随身带武器了，就放在鞋盒子里头，每个星期拿出来擦一擦，拉拉套筒，爱听那哗啦一声。

皮鞋也穿上了，他坐在床边，愣了一会儿神。

现在是凌晨四点四十四分，他看着表有些发愣——手表上的秒针好像不走了，一直停在那儿。他把手表举到耳边听，好像真的不走了。他摘下手表，晃了晃再听，还是不走。他一下子惶惑起来，那现在到底几点了？是他看的那一刻停摆的，还是早就停了？他有些着急，起身走到窗前查看，窗外漆黑，冬夜漫长无垠，这一夜怎么这么慢？好像天已经黑下很久了，可夜色还是漆黑，又冷又硬。他站在窗前，手里举着她送他的手表，贴在耳边焦急地等待着停摆的指针转动起来。等了几分钟，耳朵都累了，也没有任何声音，就像这个夜晚，为何如此安静。

她送他手表的时候，大概不会想到，这块表也有停摆的时候。她笑着，手里举着装表的盒子，对他说，喏，祝贺你，同志。

他走到桌前，低头看看桌上，写好的信，一共两封，他把手表放在其中一封信上，那是写给她的。

他一身干净的衬衣，新刮了胡子，皮鞋也锃亮，唯一的遗憾，是手表不走了。这让他觉得心里装了一个事情，本来心里已经不装事情了，但是也罢，或许还能修好它。想到"修好"这个词儿，他觉得手表有望恢复强劲，秒针还会像火车蒸汽机一样轰隆隆地转动起来。

　　不能再拖延了，没有时间了，他抓起手枪，哗啦上膛，对准自己的太阳穴扣下扳机，砰的一声炸响，他的头颅被子弹洞穿。再见。

　　——这是一件需要果断处置的事情，否则会丧失勇气，勇敢点，也别去可惜那干净整洁的脸、衬衣、皮鞋，还有她送你的手表。

一个无处倾诉的人

　　有一天，我看见一个无处倾诉的人，他拿着一支笔站在街头，在书店的外墙上写满了文字，他写道：

　　　　我是一个无处倾诉的人，

　　　　我是一个无处倾诉的人。

　　　　我长满了痱子，

　　　　在这个寒冷的冬天。

　　我觉得心里有愧，因为一个人无处倾诉，被迫在墙上写字，这太不合适了。于是我走过去，拍拍他的肩膀说，哥们，有什么想说的话，就跟我说吧，虽然我也帮不上什么大忙，但我是一个爱听故事的人。于是，无处倾诉的人扭头看着我，说出下面一段话：

其实，我没有什么好倾诉的，我的痛苦不过是你的笑料，我的悲伤不过是你的谈资，我的颠三倒四疯狂错乱，不过是你偶尔和朋友喝咖啡时的几句闲言碎语。我把它们都吃掉了，我对着墙壁说，说完，它们弹回我的嘴里，我吞咽它们，就像吞咽红烧肉，我消化它们，把它们变成营养和粪便，它们滋养我，弄脏我，就像爱情滋养我也弄脏我，就像钱滋养我也弄脏我。你不要假装倾听，你只不过是等人时的无聊，闲逛时的寡淡，无所事事时的寻衅滋事，百无聊赖时的聊作自慰。你，一个更加无处倾诉之辈，一个比我还要迫切的寻找耳朵的失败者，喏，拿去，接着写吧。

他将笔递给我，然后响亮地擤了擤鼻涕，再大声地咳嗽两声，就像树枝在春天里舒展起来一样，眉眼含春地走开去。

我接过笔，开始在墙上接着写道：

> 我是一个无处倾诉的人，
>
> 我是一个无处倾诉的人，
>
> 我长满苔藓，
>
> 在这个潮湿的春天。

　　我一笔一画写得很认真，同时深切地感受到那些弹回来的心事——落进我的嘴里，我咀嚼着自己的心事，眼泪哗哗流淌，原来我藏着那么厚重的心事啊。我眼观六路耳听八方，一边伤心自怜，一边慌里慌张寻找着继任者。

失火的船

我疲累交加，对一切都不满意……

我把手机扔在桌上，发出砰的一声，正在吃饭的同事们吓了一跳，有人迅速瞥了我一眼。

我起身，离开饭馆包房。说实在的，这饭馆的装修和气味都惹人厌憎，将我堆积了几天的不快都诱发出来。

饭馆外是影院的售票厅，不断有拎着雨伞一脸茫然的情侣走进来，默然排队，相互商议，询问场次，买定离手。

大屏幕上，哪个电影的票卖出多少、还剩下多少，都在不断显示。

我站在影厅里，身边都是不认识的人，说着我不懂的方言。我盯住他们的脸仔细观察，他们木然单纯，毫无防备地过着自己的生活，对电影和未来都没有什么想象，大体上保持着"总算过完这一天了"那种表情，他们将要选一场电影看，之后打着雨伞消失在城市的雨夜中。我不认识他们，我无法做到猛地扑倒在他们脚下，抱住他们的腿，告诉他们，我有多么爱他们。

我站在影厅里，身边都是不认识的人。站了那么一会儿，我感觉这样下去也不是个办法，就转身往楼下走——结构是这样的，一层是一个售卖各种生活用品针头线脑内衣内裤和骗你拍傻×婚纱照的卖场，二层是影院，三层是饭馆儿，我是从三层下来的——现在我站在一层，人浪涌动，女孩子握着零花钱对着廉价商品左右思量，男人无所事事，盯着来往的女孩看。

我站在人浪的最中间，卖场的十字路口，人的气味呼啸而来，成为一团浓重的事物，一拳又一拳，打在我身上，衬衣立刻被汗水湿透，我快要喘不过气来，顺着人的形状走了出去。

雨夜又脏又黏，喷出去的烟都散不开，黏在脸上，抽烟的人都像戴着面具，我顺着墙根缓缓走着。江边传来汽笛声，一艘船着火了，冒着浓烟在水面上全速航行，可笑的是，它本来就行驶在水面上——这跟我的境遇倒是相像，一艘航行在江面上的失火之船。

我抽完一支烟，感觉好了一些，我的助手拎着书包走过来，对我表示关切。

他问我，怎么了？

我说，我真他妈难受，真他妈难受。

他说，没事儿。

他还能说些什么？他不是心理学家，也没法劝我什么，只好也点了一支烟，陪着我站了一会儿。这样一来，我觉得有些歉然，你自己不高兴，干吗要让别人陪你别扭？此时天色向晚，那艘船已经远去，火焰并无止息，反而到了猛烈阶段，江面上一派火红。

我们转身往回走，一辆轿车对准我们缓缓开来，这辆车待会儿要载我们去机场了。

我一边冒着雨往车的方向去，一边猛烈地想念着一个人，不具体，只有一团身影，可是我的思念如此强烈，就好像看到那个身影，正向我张开手臂。

死寂，或者巨响

翼－1

翼－2

周五的蜻蜓

如果也许是这样

第四辑　残翼

包括你在内的全部历史
居然都是梦境
我重重坠落在地，摔都摔不醒

死寂，或者巨响

这天黄昏，我坐在甲子庄我那破败的门前，等着货郎路过。

我想把我的灯油卖给他，我快要失明了，用不上这些有光有亮的东西了。

货郎这种倒霉鬼，你若不等他，他天天在你门外头吆喝，可你一等他，他总也不来！我等他一天了，连个鬼影都没等到。

可是我哪儿等得起，我这眼神，一时不如一时，一刻不如一刻，中午就着太阳，还能勉强看看书写写字，到了下晌，就只能认得清书封皮上那几个大字了：新编广城县志。

整个下午，我都在抓紧时间收拾东西，清理道路，我把所有的镜子都摘下来和灯油放在一起，这些以后都用不上了，我再也照不了镜子了，好在我以前经常照镜子，知道自己长什么样子。

我想把镜子也卖给货郎，多少钱不拘，只求它不成障碍，万一这镜子被我碰碎了，晦气不说，没法收拾，一收拾就一手血，你想想后面的事儿吧，怎么上药怎么包扎，这些都是要命的事儿，所以这镜子断断留不得。

这么一算，你有多少事物都用不上了，那些绸子缎子洋眼镜儿，那些画书画片美人照，一大箱子县志，一大园子花草，这些都用不上了，你种花给谁看呢？

我收拾东西，累得一头汗，把它们分派好，我也不送人，我就撮堆儿卖给货郎担，你说我为啥不送了人积德行善呢？我跟你说，若我真看不见了，头三天肯定是门庭若市，都来看我这突然盲了的读书人，也有说好话让我宽心的，也有保证帮我挑水做饭的，也有给开偏方的。三天以后，一直到我死，这漫长的几十年，要靠你一个人在无边的黑暗中慢慢度过，没有人会再来。这些事物，我卖给货郎，哪怕一分钱，将来也必有一分钱的用处。

我一头汗，把东西归置整齐，放在门前，等着货郎担。

趁着这个工夫，我练练耳朵吧，将来得靠它了。

我伸手摸摸右耳，往常没多操心过它，现在显出它珍贵来了。

我静下心来，收听着周外的声音。

身边，风吹动我大褂下摆细碎作响。

不远处，鸡群在叽叽咕咕。

再远，谁家狗吠一声，猛地停住。

最远的地方，村庄的那一头，绣纹脚步轻轻地飘着走，正端着茶到她老爷的房里去，她放下茶，老爷伸手抓她，没抓住，她躲得快，转身抓起老爷的大褂挂在衣架子上，随手将老爷大娘换下来的衣裳卷成团拿走。

再往远处，我就真听不到了，那里是无声界，欢爱仇杀，争夺报复，建大楼房，造火轮船，起义造反，改朝换代，我都听不见。

练了半天耳朵，耳朵真乏了，听见的越来越少，就剩下响彻世界的绣纹的动静，一喘息就跟刮大风似的，一动作就跟地震似的，不行，天要塌。

我收了耳力，等着货郎，甲子庄一派死寂，货郎还没有来，天已经黑得黑黑的了。

　　谁能在无边的黑暗中想着黎明？谁能？

翼-1

有风的时候并不多

所以有风的时候

我趁机逃亡

　　——1986年的诗歌残片

　　我生活在云中郡，我们那里的人，都逃亡了，因为打仗打得实在是厉害，十室九空，白骨成堆，云中一带野花烂漫，都是士兵的尸体滋养的。所以你能想象有多少兀鹫光临此地，这么说吧，兀鹫们如果一起使劲儿，八成能把我住的草屋抬起来。万幸啊，这帮只知道吃腐肉的傻鸟不会一起使劲。

我每天出门去，用弓弩射猎兀鹫群，我穿了一件铁甲衣，浑身上下包裹严密，肩头和背脊上，都有铁刺伸出来，活像一只刺猬，这样一来，我行动颇为不便，每天慢吞吞、丁零当啷地走在村道上，穿铁甲衣之前，一定要尿完拉完，不然走到半路上万一来了便意，只好站在那儿一边发愣一边解决。这样的经历有过一次，绝不想有第二次。

每天能射中一只到两只，过程是这样：我穿着铁甲衣摇晃着走到兀鹫身边——能走多近走多近，对准它的头部发射弓弩，砰的一声，兀鹫中箭，猛地侧翻（或者后仰）倒地，射中之后，我就得原地蹲下抱住头，等其他兀鹫过来进攻，它们围着我转悠，巨大翅膀荡起尘土，我抱着头蹲在地上，耳边嘈杂得什么都听不清，呼啸得心都要碎掉了。

然后，也就一小会儿，它们攻击结束，离开我，我起身，捡起倒在地上的兀鹫，拖着它回到茅草屋。

我这么忙乎了一年，直到兀鹫吃完了方圆数十里的腐肉，渐渐不再出现。

我也瘦得形销骨立，再没有力气追杀了，我回头看看，也差不多了。

翅膀共有四扇，两扇绑在胳膊上，两扇绑在腿上，中间加了一根横杆子，省得腿老往下掉，我脱了个精光，脖子上套了个面饼，举着翅膀走到荒野里。得走了，再不走，我就死在这儿了。

我们云中郡，有风的时候不多，所以有风的时候，我就趁机逃亡。

风可真大。

翼 -2

　　总是从悲愤中醒来

　　并且发觉

　　包括你在内的全部历史

　　都是梦境

　　　　——1986年的诗歌残片

　　我重重地坠落在地，时间是九月十号，我以为我的翅膀可以坚持到雨季来临，那时我已经攒够了钱，可以换一副新的翅膀。

但是不成，翅膀越来越残破，越来越无力，兜不住风，带不动身体。

每天，我帮人送货物，东家姓司马，单名一个昼字，司马昼。每天我到他居住的离魂山，背上他要送的货物，送到指定地点，交给指定的人，像是一个送快递的，但是看上去要稍稍威风一点，因为我在天上飞。

悖论出现了，我这么辛苦送货，整日奔波，为的是换一副新的翅膀。

翅膀和飞人的年龄并不相称，比如说，飞人九岁开始长翅膀，十五岁完成翅膀发育，可以起飞，三十六岁左右，翅膀就开始退化。所以飞人们过了四十岁，就得找一份职业，变成普通人，如果还想飞，就得在翅膀退化消失之前，换一副新翅膀。

但是说起来容易做起来难，换一副翅膀，所费巨糜。我整天奔波飞翔一天不曾歇息，攒到今年十月，也勉强够换一个基本配置的、不带凤凰饰的翅膀。若像有些飞人一样，装备了凤凰饰和镜雀的平衡尾翼，那我得飞三十年，可是我的翅膀眼看不保。

于是，九月十号的下午，我背负沉重的货物，从离魂山出发，一路逆风，若要绕过这个风切面，又要多费力气，我压低身子，保持一条直线，希望减少风阻，但翅膀残破，兜不住风了。

事情就是这样，你以为目标近在眼前，正沾沾自喜，以为躲过了魔鬼的觊觎，但是对不起，你想错了。

我重重地坠落，摔在离魂山附近的一片玉米地里，此地隶属修国，是周朝一个小小封国。

玉米地一片碧绿，正是玉米灌浆时节，气味香甜。我挣扎着试图爬起，却浑身无力，就在这时，远处一片哗哗作响。我睁开充血的眼睛看去，只看见一个农家女孩儿向我跑来，手里拎着一把寒光闪闪的小刀。

女孩儿看到我，怔了怔，回身大喊：阿爹啊！我抓住了一个飞人！

周五的蜻蜓

——每个周五，蜻蜓都会变的，你知道吗？

——真的？会变成什么呀？

——周五的蜻蜓嘛，会变成手术刀。

——不会的不会的，蜻蜓变成手术刀，岂不是和可乐樽变成美人鱼一样荒谬。

——可乐樽会变成美人鱼这件事，想不到你也——

——停！你一天到晚脑子里在想些什——

——那么关于蜻蜓周五就变成手术刀这件事情，想必你是能理解的啦。

——靠，我觉得你是疯了。

——你每周五都在悬崖边等着看，一定会看到的，不过你小心点，如果在蜻蜓变化的瞬间，它们恰好飞过你的脖子的话——

于是，在某一个周五的傍晚，夕阳余晖之中，我在悬崖边等着，我的周围飞满蜻蜓，它们的翅膀在阳光下熠熠生辉。

蜻蜓最早是在泥盆纪出现的，也就是说，这小东西的历史超过四亿年——五千万年之后，到了石炭纪，曾出现翅展超过七十厘米的巨型蜻蜓，大概有蜻蜓风筝那么大了吧——这么想的时候，我的眼前正好有一只蜻蜓，它悬停在我面前，盯着我看了一会，飞走了，我说，你变啊变啊，靠。

它并没有变，它蓝色的小脸上有一种淫荡下流的表情，如果你对着一朵花看久了，也会看到这种表情的。

淫荡的蓝色小脸飞走了。

我曾经上网搜索，寻找"蜻蜓变成手术刀"这种奇谈怪论的出处，结果也无甚收获。想来对我讲这个故事的人也是信口胡诌吧，我居然傻到相信，就像我曾经相信过的那些荒谬的表白。

这么想的时候，脑后忽然一阵叮叮作响，像一个人在身后敲响小铃铛，清脆好听，我扭脸看去——

一阵冰凉的微风冲着我的脸过来，淫荡的蓝色小脸，带着些微笑意，冲着我就俯冲下来，我未及躲闪，右脸一丝冰冷，立时感觉到了血，我忽地站起来，身边叮叮地响个不停，它们变了！

那些蜻蜓的翅膀，在夕阳映照下，果真变成了手术刀。好，现在就是这样一群手术刀在我身边飞来飞去，不时撞在我的身上脸上，我抱头鼠窜，蜻蜓饶有兴趣地跟着我，发出清脆的金属撞击声。护着脑袋的手臂已经鲜血淋漓，我只好选一个草坑卧倒，后脑仍旧逃不过一刀刀的刺击，我的头发已经脱落，头皮割裂，露出颅骨，我不能再等，浑身犹如烧伤一般灼热难耐，这种感觉催促我起身逃亡。

我站起身的瞬间，夕阳正好沉没在海平面上，一片绯红中，无数蜻蜓刀阵冲向我，抱住我，我大喊大叫，声音颤抖像唱歌，是我用尽力气的诅咒。

这很可惜，我留在你们中间的最后一句话，不是诗歌，不是赞美，不是感伤，而是一句含糊不清的咒骂。

每周五的傍晚，这个世界上所有的蜻蜓都变成手术刀，到周一的早晨，它们又变成蜻蜓，美丽的小昆虫，翅膀半透明，玩蜻蜓点水。你不会知道，它们每周五都会杀掉一个傻瓜蛋，这个世界上的傻瓜蛋都是这么死掉的。

如果世界是这样

窗外开始刮风了，盼望的雨似乎要来，但仍旧没有来，只是世界更闷热，鸡飞狗走。

如果世界就是这样了，不要也罢，这是刚才想到的一个警句，这个警句其实啥分量都没有，我总不会因为世界不怎么样就去死。

真的很闷热，我一身的汗水，坐在沙发上，黑色的皮质沙发，已经旧了，我记得它刚刚被搬回来的样子，锃亮的意大利皮，手织布的扶手，扶手上放着一个小托盘，站着一杯酒，一碟子橄榄。

"你还有什么要说的吗？"杀手在我对面席地而坐，手里端着烟灰缸，仔细地往烟灰缸里弹烟灰，脚边，放着45口径的巨大手枪。

"我没什么要说的，"我说，"我是一个傻瓜我认了，这也没什么大不了的。"

杀手抽一口烟，更加仔细地弹弹烟灰，没有回应我说的话。我个人觉得，我的回答尚算得体，既陈述了事实，又装了牛逼。

可是他不为所动，这让人恼火，你要么就一枪打死我，要么就起身离去，你对着我的烟灰缸端详个没完，让人觉得厌烦。

我突然厌烦透了，真的，我跟你说，就像那种——你跑到女孩家，想要睡她，结果她不让你睡，还摆出一副"其实我是为你好"的表情，这种事情总是让人厌烦，世界还真的是这样诶。

"怎么着啊你打算？"我问道。

杀手并未回答，闭着眼睛。"风越来越大了。"他说。

机会。

我猛地跪下一把抓过手枪对准杀手的脖子轰然开枪，砰的一声枪响，声音真大，把我自己都他妈吓着了。

杀手脖颈洞开扑倒在地，我对准他的脑袋准备开第二枪的时候，他突然嗤嗤地笑起来。

"喂，如果世界是这样的话，不要也罢，这是你心里想的吧？"

他缓缓松手，烟灰缸滑落在地。

"这也是我心里想的啊，老杨。"

你可知道我有多么爱你

疼

疼痛的爱情

有这样一个伤心人

第五辑　困局

也许你们现在还体会不到
迫不得已喝下的酒里
藏着多少心碎

你可知道我多么爱你

宝马轿车行驶在高速公路上，驾车者是一个男人，穿着白衬衣，胡子没有刮，疲惫不堪。

这是春天快要结束的时候，男人办完离婚手续，收拾行囊，驾驶着宝马轿车离开了家。他发动轿车，然后对自己说，OK，咱们去哪儿？于是他从旅行包里翻出一张地图，闭着眼睛用手指随便点了一个地方，睁眼一看，我去，他的手指戳在3000公里之外，一个叫礳城的地方。

礳城在他妈哪儿？谁又他妈的在乎礳城这个鬼地方？

男人发动轿车，驶向礳城。

现在，男人疲惫不堪，驾车行驶在高速公路上，他已经开了三天，礴城越来越近。男人的手伸向副驾驶座位，那里放着一盒汉堡包，吃了一半，已经凉了，他拿出汉堡包，咬了一口，接着把它放回盒子。

就在这个瞬间，他走神的这个瞬间，他差点撞到一个人，男人急忙刹车，一个十几岁的女孩站在他的车头前面，怒气冲冲地看着他。

男人惊讶极了，这算什么事儿？

女孩一副"你他妈是不是脑子进水了"的表情，摊开双手说，你他妈是不是脑子进水了？

男人郁闷地放下车窗，哎！你怎么能在高速公路上溜达！你才脑子进水了呢！

女孩说，你脑子进水。

男人说，你脑子进水。

他们像两个傻缺，一个站在车前，一个坐在车里，互相说对方脑子进水，说了大概一百年那么久，终于男人认输了，他耸耸肩膀说，好吧！好吧！我他妈脑子进水了！

女孩赢了，高兴地跑过来，拉开车门坐了进来。

男人说，你赢了，你赢了，也不表示你就可以随便上我的车啊!

女孩嬉皮笑脸地说,叔叔你捎我一段吧,就一小段,我到碟城就下。

男人说,那不是一小段那是一大段,OK?碟城是我的终点站。

女孩说,太好了!你也去碟城!你是碟城人吗?

男人说,我不是碟城人。

女孩说,那你去碟城干吗?你老婆在碟城吗?

男人说,别说话了我求你了。

女孩说,好,是你求我别说的!你给我记住!

男人摇摇头。女孩就此开始不说话,手里举着汉堡包盒子。这段两人都不说话的时间维持了十分钟左右,男人扭头看看女孩,后者正气鼓鼓地看着窗外。男人说,你是碟城人吗?

女孩看看他,点点头。

男人说,碟城有什么?跟我说说。

女孩摇摇头,做了个zip my mouth的手势。

男人说,好吧,你又赢了,跟我说说碟城。

女孩高兴起来,拿起汉堡包咬了一口,拿起杯座里已经不够冰的可乐喝了一口。礤城是个小城市，她说，礤城很小，差不多有一万人，每个人互相都认识。

男人点点头，觉得还不错。女孩接着说，所以我恨那个地方，每个人都互相认识。

男人说，为什么呢？

女孩说，没有神秘感，完全没有，太差劲了。

男人说，你那么喜欢神秘感么？

女孩说，喜欢死了。她凑过来，认真地看着男人说，我跟你说，我超喜欢神秘感的。

男人说，好吧，不错。

这时女孩看到前方有一个休息区，女孩大叫起来，哇！休息区休息区休息区！咱们去逛逛休息区吧。

男人说，那有什么好逛的，加油站小超市和难吃的餐厅而已。

女孩说，叔叔我求你了，咱们去逛休息区吧！

男人无奈地点点头，轿车拐进了休息区，女孩下车冲进超市，过了一会儿她冲出来，手里举着一个棉花糖。

看！她说，棉花糖。

她把棉花糖递给男人说，叔叔我请你吃棉花糖。

男人接过棉花糖，女孩说，我给我自己再买一个！说完她转身冲进超市。

男人坐在车里一边吃棉花糖一边等着女孩，他吃完了整个棉花糖，也没有看到女孩出现。他有些担心，下车走进超市，这个超市小到一眼可以全部看完，就像一个成年人看一盒火柴一样，女孩不在超市里。

男人询问过超市的售货员，询问过加油站的工人，询问过在此停靠的其他车辆，甚至不顾廉耻地跑进女洗手间看了看，没有人看见那个女孩。

男人站在休息区的水泥广场上，困惑得无以复加。他返回车上，小半个汉堡包，半杯可乐，一根棉花糖签子放在副驾驶座位上。男人坐在车里，茫然四顾，他不甘心女孩就此消失，就一边抽烟一边等着。过了一会儿天色渐渐暗了下来，女孩还是没出现。

夕阳西沉，夜幕降临，惨白惨白的休息区，大灯闪烁了一下，亮了起来，照亮了"但愿人长久，千里路畅通"的标语牌子。

男人像个白痴一样坐在车里，眼睛盯着休息区的每一个角落，和来往的每一辆汽车，一直到凌晨，他支持不住，在绝望中睡去。

男人昏昏沉沉蜷缩在车里，半梦半醒，伤心得像是一个刚刚失恋的缺心眼。

疼

大概从昨晚九点多开始，你发现了爱情的真谛，于是你疼了起来。不安，像是一只鸟，在空房子里头飞来飞去。

你去药店，跟穿白色大褂伪装成医生的男人说，我很疼。

男人拿出手机说，你等等，我来搜索一下，关于爱情带来的疼痛。

你拿着药品回到床上，现在你有了床，有了药，有了自己洁白的身体，有了色情电影和软饮，你拥有一切。

从昨晚九点到现在，你发现了爱情的真谛。你吃药，忘记，抚摸自己，和记忆中的恋人。

疼痛的爱情

一个端着酒杯的男人，站在被月光照亮的阳台上，看着无声的、银白色的海面。

这里到海边，是有些距离，中间地带，尽是仙人掌和野菠萝树，此时月亮硕大，整个海滩一片明亮。

男人一口一口啜着酒，身后，屋子里，留声机里放着老歌。

涨潮了，涨潮必在夜半，月色最美的时候。

海面上波涛汹涌，她从水里一点一点浮出来，绿色水藻布满身体，她用尽力气，跌跌撞撞地走上海滩，身心俱疲。

每天，妖精从水里浮现，浑身是伤地冲过仙人掌和野菠萝树丛，去会她的情人。

说到爱情，差不多就是这样，忍得住伤，还要忍得住艰难的生活，和啜饮酒浆时无尽的孤独。

男人看着女人——一大团绿色水藻、海带、野菠萝树的藤蔓缠绕的身体冲过来，他心里想的是什么？

不是水藻海带，而是她的闪烁的鱼鳞，银色的，细密的，坚硬的，布满身体，每一个鳞片，都是从纯白过渡到血红。

这个男人举杯喝完最后一口酒，转身回到屋子里去，浴室里一片热气蒸腾，放好的热水哗哗流淌，从浴缸里漫出来了。

男人试了试水温，之后坐在浴缸边上，慢慢解开衬衣的纽扣，他的身体布满伤痕，每一寸都是细碎的划伤，新的伤痕，覆盖着旧的，流血的，覆盖着结痂的。

这就是隐藏在郊区海边的一个爱情故事。

有这样一个伤心人

刚才，今天下午三点多，在咖啡馆，我看到一个伤心人。

我进去的时候，他已经坐在那里，就在靠窗的位置，桌子上放着一杯咖啡，和一块没动过的奶酪蛋糕。

我进去找了个空位坐下，继续看我没看完的《专家教你如何治疗缺心眼》这本书，同时，我不由自主地看向他，他一动不动地坐着，看着窗外。

马路上，几个女孩尖叫不已，为她们冒险横穿马路的疯狂举动。一个一百多岁的老头背着一把吉他站在马路牙子上。一辆贴满假钻石的宝马轿车缓缓停靠，车里坐着一个世界排名第六丑的女郎。

伤心人坐在窗边看着这一切，他的脸上没有任何表情，但你能感觉得到，他就是他妈的一个伤心人，他被人骗了，像个傻瓜一样热火朝天地恋爱了一个月，然后他爱的姑娘——也许是男人，谁知道这些破事——消失了！啪的一声，像一个开关被关上，他的爱人关上了开关，他自己握着兴致勃勃的身体，傻瓜一样站在门庭里，手里没准还他妈拿着一束二到爆的玫瑰花。

玫瑰花这个点子傻极了，我跟你说。你拿着一束玫瑰，昂扬着你的身体，充满各种关于爱情的主观愿望，但是你被骗了，你愤怒地扔掉玫瑰花，在洗手间自慰一番获得一秒钟平衡，然后你来到咖啡馆，坐在靠窗的位置，看着街道上那辆宝马车和车里坐着的世界排名第六丑的女郎。

我看了一会儿书，再抬眼的时候，他已经走掉了。服务生正在收拾桌子，她显然不知道该拿那块没有动过的奶酪蛋糕怎么办，她举着它，就像举着一个战利品，回头看着她的店长问道，汤米，这块蛋糕怎么办呀？

无时不刻

永生者

纯洁之诗

一梦

第六辑 永生

我其实恨着你
但我还是决定原谅你
你看，我已经苍老到足够原谅你了

无时不刻

无时不刻的危崖，无时不刻的悬命，无时不刻的测算师，拿着生锈的铜镜。

我穿错了袍子，我进错了门，站在辉煌都城的烈日下，老张大哭。

【又】

从乡村到城市，测算师的铜镜照来照去，照着自己的运命，一时是赤红，一时是青绿。

一时是月下小院子，一时是兵火照天明。

皇子的金冠，十三太保的刀剑，白衣水上飞，湿了衣袂。

【又】

强寇夜走，锦衣夜行，你看，多少人张着脸，往前凑，凑得汗毛孔都粗大了。

我今儿在书前端坐，捧着书，读着字，想着远处——月下动火，执仗，萤火虫都怕，都熄了灯。

远处，江上，一张帆，一个你。

【又】

测算师走过香花巷，走过渡口，走过咖啡馆，走过无印良品，走过一切地方之后——

在酒店门口摔碎铜镜。

换了长衫吧，换了粗布裤褂，拎一条鱼去长安。

【又】

三日哭于都亭，三年囚于别馆。

我写了那么多句子，都为这囚禁之窗写的，都为这栅栏外一枝迎春花写的。

永生者

回忆可以穿透黑暗，而不是未来。

——我三表姐

有两种人可以永远活下去，永生不死，一种是吃过长生果的人，一种是缇小姐那样的人。

缇小姐并没有吃过长生果，但缇小姐因为"对事物的敏锐判断和果断决策"以及"灵活把握多种情感因素的过人技巧"赢得永生委员会的提名，并成功进入了这一极端机密，以至于连会员本人都不知道的俱乐部，成为永生者。

许多、许多、许多年之后，缇小姐端坐在蜂巢别墅的窗台前，看着一世界的废墟，深感寂寞。

世界接近消亡，缇小姐却葆有青春，她爱过的人、伤害过的人、欺骗过的人都已经死去数百年，他们的遗存——书籍、诗歌、绘画作品、相册、衬衣、假牙等等，在缺乏妥善保护和绵延战火的情形下，已经化为灰烬，也就是说，除了回忆，和回忆带来的彻骨疼痛，缇小姐一无所有。

缇小姐，穿着古早年代的时髦衣裳——不能做剧烈动作，否则这些衣裳会片片碎裂——手里捧着呱啡（一种咖啡代用饮料），直了眼神，盯着窗外一只散步的电子老虎。今天早晨，回忆格外猛烈，恍惚的影像片段大风一般吹进她的脑海，她禁不住轻轻呢喃了一句。

老张，老张。

数百年前，缇小姐像现在一样年轻，尚未进入永生俱乐部，充满了人情味儿，忙于恋爱，老张算是一站，前方有好几站等着，过去也就过去，偶尔想到沉默寡言身体坚硬的老张，想到他仔细切开雪茄烟，用长柄火柴点燃时眼神的样子，会有一秒钟黯然神伤。

老张心里难过，就将雪茄烟铺子出售，回到中科院，进行电子老虎的研究。

这一天，缇小姐接到信，说，电子老虎研究成功，即将面世，或许你会为我高兴。

缇小姐本来确实是要回信的，奈何实在太忙，戴眼镜的长发诗人坐在楼下的铁栏杆上，正吟唱着忧伤的歌谣，自己不能不下去安慰，因此就把这事儿给忘记了。

老张也就没有再寄信来。

世界大战一打响，老张第一个报名参军，还上了区电视台一个深夜新闻节目，六天之后，他死于第一次全面核战。

缇小姐并不知道这些，她被永生委员会选中，送到坚强岛——得永生的人都在此居住。一百多年后战事稍歇，大家聚在大花厅看老新闻片，缇小姐意外看到：

老张报名上前线，胸戴大红花。老张死于核战。"人生纪录"栏目播出三集纪录片《人民的好儿子老张》。记者去老张家拍摄，家里干净得像没人住过，桌上摆着一百多封信，封封写给缇小姐。"我抱着赴死之心前往战场，唯求一死，才能让我的精魂回到你的身边。"主持人念道。

缇小姐从此陷入回忆，老张啊，你为什么这么认真。

远处天光一亮，不知道哪里又是一枚核弹爆炸，缇小姐看着冲击波一波一波冲过来，正在散步的电子老虎也饶有兴味地扭头看去，冲击波轰然掠过它的身体，顷刻间，它的皮肤表面被冲击得粉碎，电子肌肉和管线暴露在外，它猛地摔倒，发出痛苦的嘶吼。

冲击波掠过缇小姐的身体，就像微风吹过，她的衣裳化为齑粉，但身体毫发未损，依旧光洁干净，宛如处女。

缇小姐起身，走到一片粉碎的床前，躺下，用手捧起曾是被子的一堆尘土盖在身上，慢慢地睡着了。

永生，带有残酷回忆的永生，多么漫长难堪啊。

纯洁之诗

01

张先生最后一次看到缇小姐，是在古奇面孔店的二楼，缇小姐正在挑一张新脸，更青春更乖巧。

张先生愣在楼梯上，想了一秒钟，转身悄悄下楼，出来了，心还怦怦跳，又觉得不对，干吗这么尴尬，坏人是她，自己何苦紧张。

02

面孔店最近几年流行起来，基本上每个美甲店的周边都会有一家面孔店，售卖各种脸，也有些奢侈品牌做的脸，用真人皮。

但神情自然是不会变的，无论换了什么样的脸，都还保有着过去的神情——多么灿烂的笑容都遮挡不住焦虑枯黄的神情。

或者，多么清纯的面庞都遮挡不住欲望和贪婪、虚妄的神情——缇小姐脸上的那种。

03

张先生坐在车子里，司机回头看着他，用表情问"咱们去哪儿"？

张先生说，回家吧。

到了家，张先生洗澡换衣服，给自己倒了一杯酒，坐在窗前看夜色。

夜色好得没话讲，海面上，银色的波涛闪烁，一只巨大的、超出想象的乌鸦低低地掠过海面，向着张先生家的方向飞来。

张先生看了一会，将喝了一半的酒倒进水槽，走到卧室。

04

张先生的卧室，只有张先生一个人可以进。

也是他一个人收拾打理，他不愿让人看到满墙的照片。

都是缇小姐，那时候她还年轻，街上还没有面孔店，她有着整齐的脸，不完美，但是整齐。

穿着裙子的，不穿衣服的，大张着嘴巴的，神情迷离的。

从成千上万张照片里，张先生选出十六张，将它们洗印放大，挂在墙上，每天看。

张先生想记住她的样子，但是样子恍惚了，只记住了神情——迷离的——混杂着脱落的内衣和大张的嘴。

05

半夜，张先生被窸窸窣窣的声音弄醒，他猛地睁开眼睛，一时不知身在何处，伸手开灯，却碰到水杯，水杯倾覆，发出刺耳的声音，好容易摸索着打开灯，他看到一只乌鸦站在他的被子上，翅膀大大地张开着，嘴巴里叼着碎裂的照片。

满地碎裂的照片，所有挂在墙上的照片全部被乌鸦撕碎丢在地上。

眼睛处都有一个黑色孔洞，使她的样貌和神情大变。

张先生不知道该怎么办，不敢妄动，他傻呵呵地问乌鸦，你要干吗呀？

乌鸦并不回答，只是大张着翅膀看着他，神色有点严肃。

对峙了一个小时左右，张先生困意盎然地又睡着了。

06

黎明时分，太阳照例猛烈地照射进来，张先生再度醒来，乌鸦已经飞走，只剩下碎裂的照片，缇小姐的各个局部——手，嘴巴，乳房，高跟鞋——散落一地。

张先生起身查看，阳台的门关得死死的，乌鸦从哪里进来，全然没有线索。

张先生后怕起来，他疾步冲出卧室，抓起丢在沙发上的黑色西装，冲出门去。

张先生在车道上狂奔，跑着跑着，他觉得自己好笨啊，于是，他挥动翅膀，飞了起来，他在自己家的悬崖外盘旋了一会，然后低低地掠过海面，飞向他的新生活。

一梦

01

1865年4月2日，张先生在斯文登路的酒馆外，喝醉了酒，跪在一个妓女面前求婚。当时的场面尴尬，事后更被传得不像样子，张先生很后悔，在家扇了自己几个嘴巴子，以示惩戒，发誓再也不喝酒了。第二天，4月3日傍晚，张先生再次喝醉，人生彻底改变。

事情是这样的，他起床之后，想起昨天，略感耻辱，于是拿起手边的设计图来看。

张先生是一个设计家，他毕生精力都花在一件事情上，就是设计一个完美社会，从空中飞蝇的姿态，到摩天巨塔——万世平安大琉璃塔。这样说起来，这张设计图有多么大，你可以想象，大概有——反正很大，张先生家的四十六个仆人全部捧着设计图，还有十几米奄拉在远端的青砖地上。

张先生看的这一部分，叫作"大同天下飞鸟纵横之部"，是关于未来天空设计的，天空中有一些鸟，这些鸟叫作"天时"，是张先生理想中的飞鸟形状——其实比较傻，无非是移花接木，鹰嘴鸹颈鹤翅鹦尾，这就是小学生才会发梦的事情，张先生做得乐此不疲。

看着眼前的设计图，张先生心头烦躁挥之不去，皮肤表面汗水淋漓——半个钟点之后，张先生醉倒在斯文登路的酒馆门口，脑袋冲下趴在地上，脸旁边是呕吐物，呕吐物上方，赫然站着一只巨大优美的天时——这种傻鸟一旦从想象中走出，居然还真是优美绝伦。

张先生微微睁开眼睛，那巨大的天时低头看着他，鹰嘴里咕咕说了一句什么。张先生没有听明白，因为此时，这个瞬间，他的耳朵里被巨大的声音填满，这声音粗听像是风声，再听——无数的呼喊声、兵车轰隆的声音、空气被撕开的尖啸混在一起，壮美而恐惧。

张先生挣扎着起身，站定，远处天际绯红。

02

张先生起身站定，远处天际一片绯红，身边站着想象中的巨鸟"天时"——1865年4月3日，张先生走进斯文登路的酒馆，事情悄然变化，张先生毫不知情，像往常一样占据窗边位置，酒保送上一碟毛豆，一壶春酿，张先生冷看四周，仿佛都是坏笑，于是张先生又喝醉了，醉得狠心，呕吐物狂喷而出，被一个青衣大汉搀扶着出了酒馆的门，门口就站着天时。

天时鹰嘴鸧颈鹤翅鹦尾，天时优美绝伦，站在泥泞的街边，低头看着张先生，说，哎。

张先生起身，远处天际绯红，四外轰鸣巨响，仿佛飓风刮过。

张先生问，这是什么声音？

天时说，你觉得呢？

张先生说，飓风刮过？但没有风啊，柳枝一动不动。

天时说，你看。

天时举起翅膀，指着酒馆门口，不知何时，酒馆门口站了几个人：

青衣大汉，白发少年，精壮矮子。

天时道，他们是接你来的。

张先生说，接我？去哪儿？

青衣大汉走过来说，张先生，我是陈青衣。这两位是徐柏筱和高艾子。

张先生坏笑着说，那我就是张弦笙咯。

陈青衣严肃地看着他，说道，张先生，你看——

话音刚落，这三个人——陈青衣、徐柏筱、高艾子——身后，猛地开出巨大乌黑的翅膀来，比什么鸟的翅膀都大，羽毛乌黑闪亮。

张先生愣了，惊着了，蹬蹬后退几步，恍然了——你们是我想象中的完美人！

陈青衣微笑点头，伸出手来，手掌心，半透明，像美玉。

陈青衣声音温和，但不容置疑，来吧，张先生。

03

在漫天飓风般吼叫声中，在绯红的、血一样的黄昏之中，张先生被陈青衣接走。

将自己的手，放在陈青衣微凉的手中，张先生感到一阵放心，回头看看，徐柏筱和高艾子在不远处跟着，眼神相当鼓励。

再不远，是"天时"，忽闪着仙鹤的翅膀，拖曳着金刚大鹦鹉的尾巴……轰隆隆的声音依旧，周遭万物变得不真切……刺啦一声，赛热油锅落进了活鱼，暴起烟尘，远处人声海啸一般扑来，越来越近，越来越近，张先生紧张，猛地想起，我这是要去哪儿？

我这是要去哪儿？他问，心中忐忑，生怕被劫持——要知道张先生是富翁来的，祖传的富翁。

陈青衣一脸严肃反问：你忘了？

张先生想，我忘什么了？我什么都不知道啊！

陈青衣指着远处——红云缠绕之中的高塔——说，你怎么能忘了呢！

我的妈呀，这是——万世平安大琉璃塔呀这！亲娘，万事万物，已经按照我的设计成就了啊！

成就啦！成就啦！成就啦！

陈青衣、徐柏筱、高艾子三人异口同声，已然看穿了张先生的心思。

于是乎看到巍峨的——顶天了，顶端进了红云不能看见——万世平安大琉璃塔，塔下，转过街角，人群，人海，人的汪洋，手臂如林。

所有的人都是按照设计出现的"完美人"，完美人都好看精致，皮肤雪一样，牙齿贝壳一样，乳房苹果一样，翅膀雄鹰一样，手臂如林。

张先生想，哎呀，这时候，要是唐萤在，该多么的好——不能想，一想，唐萤就在了，站在人群里，站在升起的如林手臂之中，比真人好看，完美人嘛。

张先生一激动，想过去拽唐萤，但没拽到，自己已经被陈青衣送到一个高台上，面前陡然出现一个雕花的黄杨木麦克风，嘤嘤啸叫，如泣如诉。

说话说话，快。陈青衣鼓励道。

说什么呀？我没准备啊我。张先生一阵紧张。

随便说，想说什么都可以的。高艾子提示道。

"你们……吃了吗？"张先生试着说了一句，声音小，显得慌。

大声说！陈青衣大喝一声，这么小的声音谁能听到！

"你们吃了吗？！"张先生加大音量。

呜——夯烟横哇会！夯烟横哇会！哇会！哇会！哇哇会！

人们回答了，重叠的声音像海浪，把张先生围住了，托起来，送上离地一尺的空气中，高空处有画外音响起：根据史料记载，自唐朝宝云禅师离地一尺以来，这是中国历史上第二个离地一尺的人。

人们欢呼：呜——夯烟横哇会！夯烟横哇会！哇会！哇会！哇哇会！

张先生在排山倒海的欢呼声中，醒来，从污秽中抬起头，冷看四周，仿佛都是坏笑。

鬻梦人 · 广场

鬻梦人 · 强风

鬻梦人 · 也博

第七辑　噩梦

我不是疯子
你也没有出现幻觉
我明确告诉过你，我穿过梦境而来

凿梦人：广场

01

李镁在喝咖啡，这是第二杯，第二杯咖啡总是带来微醺的感受。李镁想起他，有点想哭，终于没有，忍住了。共和国广场上，挤满观光客——美国来的傻笑型游客，中国来的留影型游客，日本来的忍者型游客，德国来的学究型游客。李镁喝一口咖啡，她斜对面坐着的中年男——头发花白，额头堆积着皱纹，眼神锐利，穿着灯芯绒裤子——饶有兴味地看着她。这多么令人不适。李镁掉转脸去，这个瞬间，她瞥到，中年男低头在面前的稿纸上书写着什么。

02

李镁三十七岁，独自在旅行，为了忘记他，为了告别自己。

李镁饮下最后一口咖啡，决定离开，她起身，收拾好书包，算好小费，放在桌上。

一抬头，中年男已经站在面前。

李镁小紧张，问，做什么？

中年男突然有些害羞，说，诶，没事了没事了。

李镁走了。

03

穿过广场，李镁往地铁站走，察觉到身后的目光，李镁站住，男人搔搔头发，原地转了一圈。

李镁走过去说，喂，你是在跟踪我吗？我不是间谍。

男人说，我也不是秘密警察。

李镁说，那你跟着我干吗？

男人说，你有时间吗，看一页小说？

李镁迟疑了一下，你经常这样吗？在大街上拦住一个女人请她读小说？

男人嘴角上翘，乐了，他说，不是，这是第一次，我——我是从那边来的。

哪边？

那边——永劫回归之地。

04

"——想想我们经历过的事吧，想想它们重演如昨，甚至重演本身无休无止地重演下去！这癫狂的幻念意味着什么？从反面说'永劫回归'的幻念表明，曾经一次性消失了的生活，像影子一样没有分量，也就永远消失不复回归了。无论它是否恐怖，是否美丽，是否崇高，它的恐怖、崇高以及美丽都预先已经死去，没有任何意义。"

李镁看到这里，有些困惑地抬起头来。

这是你写的？李镁问。

是啊，男人耸耸肩膀——有点似曾相识是吗？

李镁有点不信，盯着他看了很久，——要么你是个疯子，要么是我出现了幻觉。

我不是疯子，你也没有幻觉，我告诉过你，我是从那边来的。

李镁环顾四周，几个中国女孩背着旅行包走过，其中一个举着相机对准他们，黄昏中，闪光灯啪啦一声闪烁——

05

李镁和米兰·昆德拉回到刚才的咖啡馆坐下，他们点了咖啡。

夜色四合，灯光璀璨，无论如何，第三杯咖啡会让人醉的，更何况眼前的这个男人，从那边来的。

两人突然也没什么好说的——有什么好说的呢，米兰·昆德拉已经将全部的话付诸小说，李镁也找不到能在此时表达的语言——谈点什么？李白还是《笑忘录》？《牡丹亭》还是酱牛肉？谈什么都奇怪。

两人喝完咖啡，米兰·昆德拉说，那我回去了。

李镁说，回哪儿？*那边？*

昆德拉说，嗯，那边。他没有加重语气。

广场已经完全黑了下来，灯影中，有一个喝醉的男人大声唱着歌。

李镁看着米兰·昆德拉一步一步走远，背影微驼，脚步坚定，走进人群，并消失在人群里。

凿梦人：强风

01

1956年11月3日午夜，老张醉倒在马加仕教堂门口的台阶上，此时大街上空空荡荡，人们关心国事，无人理会一个刚刚被情人抛弃的傻帽。就在今天下午，老张抱着抢购回来的面包回到旅馆，看到茶几上放着一张纸条，上面简简单单写着一行字：我走了，请原谅。连个署名都没有，老张心想，文责自负，你连个名字都不留，是不想负责任么？其实你是无罪的，老张接着想，爱和恨都是无罪的，活到四十五岁，老张弄明白的人生道理之一就是：爱和恨，都是无罪的。

02

这个国家正在出事，几条街道之外，坦克轰鸣而过，有传说民选政府正在跟苏联谈判，不知道结果如何，人们都待在家里静等消息，只有老张这样因爱醉倒的傻帽才敢于出现在街头——他完全不知道这个国家发生的事情，语言的妙处就在于此，你听不懂，就确实不知道。

老张摇摇晃晃试图站起来，但脑海有些翻滚，胃里也翻滚，他没能站起来，只好顺着台阶爬了几步，对准台阶旁的下水道呕吐起来。

就在这时，路边的大喇叭猛烈地噼啪作响，之后传来一个人的声音，那个声音略带颤抖，仿佛泣诉，他宣告，刚刚成立几个小时的民选政府遭到苏联反对，此时，17个师的苏联军队正在越过边境，向首都冲击。

他的宣告在空旷的大街上发出回响，家家的灯火猛地亮起来，接着又迅速熄灭，极远处，警报声呜呜咽咽地响了。

老张正忙着呕吐，完全没有听到喇叭广播——就算他听到，他也听不懂，在这个国家，他能听懂会说的单词不外乎：多少钱？好不好？太贵了，谢谢，再见。

老张咕哝着趴在地上，胸前一片污秽，眼前突然出现一双高跟鞋，他认得。

03

老张问，你回来干吗？

她说，出不去了，车站封锁，到处兵荒马乱的。

老张举起酒瓶，你看，我喝了一整瓶。

她伸出手拉他，老张耍赖一般向外滚了滚。我不起来，他说，我起不来，我要醉死了。

她俯身说，咱们先回旅馆吧。

老张嘿嘿一笑，说，你倒便宜，说走就走，说回来就回来，你真拿老子当旅馆了。

她说，乖，起来。

老张一骨碌爬了起来，一把抓住她的衣领，挥舞着手中的酒瓶大喊，你！你为什么要——

说到这里，老张听到几声尖利的啸音，像是风声，但速度更快，那声音在他听到的同时，已经扑到面前。

04

苏军第1近卫坦克集团军第9坦克师第21摩托化步兵团36营的报告：

　　我营于清晨2时从布达考拉斯出发，沿多瑙河进入布达佩斯，凌晨3时10分顺利进入，沿途未遇到任何抵抗，3时15分，我营奉命布防马加仕教堂至国会大厦一线，我营7连在布防马加仕教堂时，有两名东方人向我营士兵挥舞燃烧瓶样的物体，为了确保不被其侵犯，我营士兵果断反击，将其击毙。这是本次强风行动中我营采取的唯一战斗行为。我营现已完成布防任务，胜利完成委员会赋予的崇高使命。

　　致以革命的敬礼。

　　营教导员：亚历山大·尼古拉耶维奇·斯特洛加诺夫

05/11/1956

凿梦人：世博

01

太子太保海关总税务司署理函件　大清同治十二年一月三日

亲爱的鲍拉：

你知道，至少这一次，我已经说服了清国皇帝，经总理衙门发出任命，由我本人组建一个大清国代表团，参加今年的万国博览会。我将征集丝绸、茶叶和瓷器——当然，还有更多更多的展品，去参加这个博览会，我授权你和你的助手张咏川先生前往维也纳，代表我本人参加这次活动，祝愿你们顺利。

你的诚挚的

罗伯特·赫德

02

家书

芷蓝我妻，一别甚念。

二月廿七日，川于沪上登船前往奥地利国之京畿维也纳，船行太平印度两洋，眩晕难抑，呕吐不止，贻笑大方。倩随船医生调治，吞服美利坚出产之晕浪丸，方稍歇。船行二十余日，至意大利国之卡塔尼亚，乃弃船换人力大车，由欧人牛马牵拉，往威尼斯、马里博尔行，又十数日，方抵奥境。欧风自称文明，然与我国相较，不免令人哂笑，不过种种乞巧，倒颇可一观。刻下寄寓奥国京城维也纳之司厉番而酒店，赛奇之会，近在眼前，事体繁密，难一记述。一切均好勿念，唯芷蓝我妻须操持家中事务，管带顽劣小儿，万千劳苦，系于一身，更当善加珍摄。岳父母大人前望代问安。

咏川

三月廿九

03

新闻纸

由英国人 EoCoBowra 率领的中国代表团，将遥远帝国的茶叶、丝绸、木雕和瓷器摆放在精美的巨大展台上——据说这种展台的木质可以保存一万年。

今天，在中央公园，由斯各特·罗素设计的工业宫中央圆顶大厅内，罗马尼亚查尔斯一世国王陛下、意大利维克多爱玛纽尔二世国王陛下携手参观了中国馆，中国馆的负责人——留着可爱的辫子的 Chang Yung- Ch'uan 在翻译帮助下，向国王和他们的大批随从介绍了中国——神秘的美人，物产丰富，活像一个新大陆。

Chang Yung- Ch'uan 自称四十五岁，有一个妻子和三个孩子，当问到他妻子的时候，他很羞涩，但眼神变得温柔，"她不漂亮，但来自读书人家。"他说。

显然，查尔斯一世国王陛下对中国人产生了兴趣，他向 Chang Yung- Ch'uan 发出邀请，请对方参加自己在玛丽丝皇后饭店举行的私人晚宴。

04

太子太保海关总税务司署理函件　大清同治十二年九月三日

尊敬的张宋芷蓝女士：

首先，请允许我向您及您的家人表达诚挚慰问，很遗憾，我不得不亲自向您解释发生在维也纳的令人尴尬的事件。

如您所知，您的丈夫张咏川先生作为助手前往维也纳，协助鲍拉先生在那里举行的万国博览会，我必须承认，张先生的工作令人满意，他甚至获得了罗马尼亚查尔斯一世国王陛下的邀请，参加国王的私人晚宴。但是，就在这场晚宴之后，他没有回到下榻的饭店，而是——真令人难以启齿——带着他的翻译艾丽飒——虽经过良好教育但仍然做出不合伦理之事的鞑靼–盎格鲁撒克逊人的混血女郎——逃亡了。

到今天为止，我们没有得到更多的消息，据说有人在意大利边境小镇看到过一个披散着长发的中国人和一个欧洲女人一起旅行，也有人声称，在法国南部海滨看到过这样一对令人羞耻的逃亡者……

我已经以我本人的名义，为您和您的家人申请了一笔特殊的补贴，共计白银一千两，金钱当然难以抚慰您受伤的心灵，但或许可以聊以补贴您的日常家用。孔夫子说过，"君子周而不比，小人比而不周"，这一对小人，让他们互相勾结去吧，您则继续您安静美好的田园生活。

祝福您和您的家人，愿我的主赐福给你们。

您的诚挚的

罗伯特·赫德

关于沉默的与个极了

与个人

SAW

幸存者之歌

第八辑　昼眠

我在黑色键盘上敲出白色的字
我的双手昏昏欲睡
我身体的其他部位也昏睡着

关于沉默的两个故事

沉默是一种方法，我们知道，这世界上有几种方法比较好用，一种是喋喋不休，一种是沉默。当然，有人管喋喋不休叫作倾诉，这样也可以。但没有人管沉默叫作不爱说话，沉默的人不是不爱说，是不想说。

第一个故事：宝庆钢铁厂　1987年8月13日

王胜力和李玉婕关系不错，肉体加灵魂，算是好过一回，趁着下雨天，他们在夜班宿舍里约会。李玉婕看着窗外的雨说，咱们，得一辈子啊，你给我记住。

王胜力还没来得及回答，他们的关系就结束了。

过了几天，王胜力的朋友赵玛丽把电话打到王胜力所在的质检车间，劈头就问，你为啥把我跟你说的话告诉李玉婕了？

王胜力很纳闷，说，我说什么了？

赵玛丽说，你说我正在考律师牌照的事情，这事儿我只跟你说过！

接着，赵玛丽从友谊、信任等诸多角度指责了王胜力，王胜力本来就笨嘴拙舌，这样一来，他就更说不清楚了。其实，王胜力也知道，李玉婕这个姑娘，有些艺高人胆大的劲头，自从俩人的关系结束，关于王胜力的风言风语一下子多了起来，质检车间的好几个人，都一脸坏笑背诵过如下文章："我愿做天上的繁星，照耀着你下班的夜路。"

这些都是王胜力写下的诗歌，他感到很耻辱，但是他没有办法冲过去跟人家厮打，人家又没有指名道姓，怎么好冲上去认这个头？

王胜力气呼呼地穿上工服，拿着饭盒去找李玉婕。

第二个故事：麻地沟村　2003年6月9日

麻地沟村全员一百七十四口，全都姓薛，所以姓氏在此地并无意义，既然都姓薛，前头的姓自然忽略不计。

爱国姓薛，阳花也姓薛。爱国比较爱阳花，但爱国有个媳妇叫兰花。阳花和爱国暧昧了一段时间，也不想继续，就和社会（这是一个男孩的名字）好了，爱国心里疼得很，把不到时候的猪都给杀了。

就有一天，爱国提着刀在村道上走，走着走着就看到：

阳花和社会，俩人手拉手。

爱国手里的刀嗡地叫唤了一声。

第一个故事的大结局：

王胜力站在李玉婕面前，眼睛看着地面。

李玉婕说，你想说什么快点说啊。

王胜力想了想，说，我没有什么想说的。

李玉婕嗤地笑了一声，说，那我走了。

李玉婕就走了，空余王胜力拿着一个饭盒站在原地。

赵玛丽考律师的事情被厂子知道了，批她不安心工作，赵玛丽就辞了职去深圳，又去了香港，嫁给了一个大律师，去年回来了一趟。

王胜力正费力地从残疾人车里爬下来。

第二个故事的大结局：

爱国一脚踹开门，阳花和社会精赤了身子在恋爱，被爱国这一吓，社会怒得要疯，抓起铁锨就冲过来。

爱国含着眼泪说，你砍我吧，我真不想活了。

社会虚张声势，一铁锨砍在门帮子上。

爱国的眼泪哗哗流淌，他张了半天嘴巴，最后什么也没有说出来，只好转身走掉。

爱国这一走，就是十年，2013年夏天，爱国回到麻地沟，脸被枪打成面瘫，但是很有钱很有钱。

两个人

酒店大堂，四周喧闹，一个南美小男孩，十岁左右的样子，坐在我身边。

他低着头，很安静，脸上保持笑的模样。

我在看书，面前的地毯上，小男孩的弟弟妹妹在嬉闹翻滚，小男孩侧着脸对着他们，眼睑低垂。这时，他的爸爸和妈妈过来叫他，他惶惑地起身，迟疑，笑模样继续——妈妈大声说了句什么，转身走掉——妹妹冲过来拽住他的手，说，快点啊。说完撒了手，兀自跑走，他被迫跟上，惊慌失措——

我才发现他是个盲童，这孩子努力演镇定，脸上一副笑模样，犹疑了一秒钟，怕家人走远，下定决心迈步出去，面前是人来人往，他侧耳，努力分辨妹妹的叫喊，脸上永远是谦卑的笑，即便这小子有多么烦恼伤心害怕，脸上都是一副笑模样。

盲童脸上的笑模样都一样，都是"谢谢你，给你添麻烦了"的意思。

02

一家餐厅，我吃完了东西，从后门出去，站在廊下吸烟。

一个墨西哥男孩，二十多岁，餐厅后厨打杂的那种，手里擎着一罐可乐，忽地冲出门来，找个阴凉地方坐下，打开可乐，美美地喝了一大口，掏出手机，拨通。

可惜他说的不是瓦努阿图语，不然我就能听明白他在说什么了。

他在说情话，全世界的情话都是一种语速，一种表情，一种声调——脸上都挂着同一种微笑。他的手指，下意识在地上划着圈圈，一直画，一直画——他的眼睛看着虚空，虚空里想必站着那个少女，头发乌黑打着卷儿。

我抽完烟，他还在说，可乐都忘了喝。

SAW

有那么一个瞬间，我以为有人打了我一棍子。

－乙－

纽约，川普酒店大堂电梯间。

他站在我身后，三分醉意，摇晃脑袋，表情促狭。

进了电梯，他好奇心发作，指着自己额头问我，发生了什么？

我约略地讲了事件发生的经过，他笑起来，说，没事儿，脸上多一道伤疤，姑娘更喜欢你——至少我就是这样。

"一年前，在拉斯维加斯，我跟哥们一起走出酒店大门，他没有拉住大门，门砰地弹回来，正好撞在我的额头上，当时就飙血了，也缝了好几针。"

我按下三十八层的按钮。他顿了顿，问，从哪儿来啊你？

——中国。

——哦哦哦，我真想去——都说那是个好地方。

我问他从哪儿来，他说：我是亚美尼亚人，不过现在我在美国做电影。

我乐了，说，我在中国也做这行。

他惊喜交加地握住我的手，哎呀呀，还真是巧啊。

你都做什么电影啊？我问。

——SAW，你听说过吗？那个疯狂电影。

——当然听说过，很卖啊。

他美不滋滋地说，我来纽约动漫展做一个新片发布活动。

说话间到了他所在的三十五层，他跨出电梯，又转身回来，说，要不咱俩再聊聊。

我们在电梯里嘿嘿乐了一会，他说，我去健身了所以没带名片。

我说，我压根就没有名片。

他说哎呀呀。

我说，没事，我会去动漫展，咱们那儿碰头吧。

我走出电梯，他伸出拳头，大声说，很高兴认识你。

我跟他碰碰拳头，电梯砰地关上。

—甲—

纽约，西百老汇街的一家画廊门口。

有那么一个瞬间，我以为有人打了我一棍子，其实不是，是我的额头结结实实地撞落地玻璃窗上了。

这个玻璃窗长得实在太他妈像一扇打开的门了！

我捂着脑袋，头晕目眩地愣着，一步之外，站着本店的店主乔治，手里拿着电话，比我还诧异地看着我。

——哥们你介（这）是跟谁啊?

——靠，我以为这是一扇打开的门。

——嗨，你流血了。

我拿开手一看，一手血，紧跟着，血呼啦一下流进眼睛。

乔治说，别动，我拿点东西给你——他飞快跑走，我走进店里，血瓣里啪啦滴在地上，乔治拿来一团纸，我糊在脑门上，冲进洗手间对着镜子一看，眉骨处一道裂痕，我一边打开水龙头冲洗伤口和血，一边掏出电话打给罗，同时对着镜子进行一些医学和神经系统方面的自我检查——主要是看看眼珠还能不能自主转动，还会不会背诵九九乘法表，以及能不能默诵唐诗三百首——我想起来了，我本来就不能默诵唐诗三百首，那我就放心了。

会不会经过这一撞我就不结巴了呢？我贪心地想。

电话接通了，我冲着电话说，哥们遇遇遇到麻麻麻烦了你赶紧过过来。

没事，说明我的意识、反射和语言系统都没事，白撞了，妈的。

罗带我去一家医学研究中心急诊，漂亮的护士姐姐帮我在眉骨内侧缝了九针，她得意地说，不会有疤痕留下，过些时候，你甚至会忘记在你身上发生过什么。

护士姐姐的助手——实习医生格蕾——还笑呵呵地说，我跟你一样，眉头也缝过好几针，还有这里。

她拉开护士服的袖子，让我看她手肘处一条长长的疤痕。

我说，它让你变得性感。

—丙—

我不会忘记在纽约发生过什么，这几天以来，我头上绷着可笑的纱布条儿，像个标点符号一样，不时引发周围人群的注意——在引发注意的人群之中，大约有七八个人问我发生过什么，凡是问我这句话的人，他们的眉骨都被撞过——树、马路牙子、门、玻璃窗。

我带着标点符号般的纱布条儿走过中央公园，没有野鸭子，也没有霍尔顿。

我甚至没有再遇到那个做疯狂电影的亚美尼亚人，我回忆他的样子——健壮，穿着DG的运动装，三分醉意，表情促狭。

幸存者之歌

01

凯西是意大利美国人，生长在美国。

她七岁的时候，将后院的花朵摘下来揉碎做成花瓣球，拿去邻居家，敲开邻居的门说，喂，我可以帮你们祈祷，可以帮你们做一个宗教仪式，免费的。

邻居笑一笑说，谢谢你，小凯西。

她连续敲开几家邻居，都被微笑着摸了脑袋。

当她敲开另一家的时候，那家主妇说，我们是犹太人。

接着，邻居发怒一般说，滚。

凯西吓坏了，等邻居关上房门，她双手伸出，对着邻居的院子发出诅咒："我要你家被火烧毁。"

几天后的夜半，她被邻居的大声喧哗和热风的声音吵醒，她睁开眼睛，看到半天橘红，邻居家被火烧毁。

凯西的妈妈说，我想我们该请邻居住在我们家一段时间，你跟他家的小狗是好朋友呢。

凯西浑身发抖，她说，我躺在床上，立下誓言，以后，不管谁怎么样对待我，我都不诅咒他。

02

凯西十五岁那年，她妈妈进了精神病医院，因为失败的爱情和婚姻。

哥哥姐姐早已离家独立，亲戚也都星散各地。"我失去一切可以支撑我的东西，"姐姐说，"你要去找份工作。"

于是凯西从圣莫妮卡出发，坐公车来到洛杉矶下城。

她走进一家办公室，说，我需要一份工作。

办公室里有两个男人。

男人：你会打字么？

凯西：不会。

男人：你会速记么？

凯西：哦。

男人：你会接电话么？

凯西：会会会！

男人：明天来上班吧。

第二天凯西去上班，午饭时间到了，两个男人带她去吃午饭，请她喝了三杯酒。

在她醉得一塌糊涂的时候，男人说，凯西，你跟着这位大哥去，他会带你去一家豪华酒店，你会很开心。

凯西什么都不明白，就被大哥弄上了车。"我只记得街道从窗外飞驰向后，还记得机车收音机里巨大的音乐声，还有那个男人从不撒手的公事包。"

到了酒店，大哥说，把衣裳脱了，我要去洗澡，你可别想跑，不然没你的好果子吃。

大哥拎着公事包去洗澡了。

凯西脱了衣服。

大哥出来了，腰上戴着一个巨大的假家伙。"他的真家伙很小很小，藏在假家伙的后面。"

凯西的第一次，交给了一个巨大的假家伙。

"他一边很嗨地大叫，一边命令我也叫，我只好假装叫几声——我不明白的是，他怎么从假家伙里得到快感？"

公事包里放着各种尺寸的假家伙，和一把很小的手枪。

"完事之后，他躺在床上，气喘吁吁地说，给我一支烟——其实什么都没有发生，他只是假装发生过。"

03

凯西成了那种女孩，拉皮条的会介绍给她各种男人。

二十一岁那年，她决定不再做下去，她去找罩着她的皮条客，进门之后，她躺在地上。

"要么现在就杀了我，要么，给我自由。"

僵持了一会，皮条客一把将她从地板上拉起来，狠狠地看着她："你要是敢告诉别的姑娘，你就死定了，现在，滚吧，你自由了。"

凯西站起来，身体僵硬地缓缓走向门口。"我拉开门，生怕她从背后给我一枪，我缓缓走出去，听着背后的响动，关上门，甚至都没敢去开我的车，我开始狂奔。"

凯西自由了。

04

"但是我迷失了，我不知道该做些什么，我想我需要一个奇迹。"

凯西坐在公寓的沙发上，对上帝说，我想我需要一个奇迹，上帝，请给一个奇迹，就在今天。

她瞪着天花板等待奇迹，但是天花板上什么都没有发生。

她望向窗外，对街，一个女人在发动她的车，但是她的车坏了，怎么都打不着火。

凯西看到女人无奈地站在车前，于是她拉开门问，你需要帮助吗？

女人说，我能用你的电话吗？

凯西让那个女人用了电话，女人联系了几个人，都没有联系到。

凯西说，你住得不远，我送你回家吧。

她送那个女人回家，那女人的丈夫叫罗伯特，罗伯特盯着她看了一会，拿出自己的钱包，抱着钱包又看了她半天，想了很久，说，凯西，我收你做我的弟子，我唯一的弟子。

凯西觉得呼吸困难，她不知道该说些什么。

罗伯特拿出一张卡片给她说，我一直想找一个人来继承我，但是我从未找到过。

凯西说，你是做什么的呢？

罗伯特说，我是一个治疗师。

05

罗伯特于2008年去世，享年八十岁，凯西继承他的衣钵，以治疗师身份帮助他人。

这是一种混杂了通灵术、基础心理学和按摩治疗失眠的治疗方法，它通过观察和讨论，对治疗对象进行分析和暗示，并帮助对方获得心理释放，达到治疗效果。

她治疗过很多人，包括"谋杀犯和大明星"。

凯西给我讲了这个故事，我说，你接着给我讲你的故事，把你的一生都讲出来，这几乎是一个电影，一个街头少女挣扎图存的故事，一首幸存者之歌。

白驹： 一帘人间

白驹： 五色界道忘你

之奇

白驹： 豪主垂忙

白驹： 尖忆小夜曲

第九辑　白驹

浮生若梦，忽然而已
我们匆匆奔走
幻想在这世界留住我们存在过的痕迹

白驹：一隙人间

　　程志国结婚的当天，喝得酩酊大醉，不分男女逮谁抱谁，不是弄得客人一脸唾沫，就是吐在人家身上。客人们刚开始还真诚地为他高兴，劝他少喝，后来他闹得实在过分，大家纷纷撤退，十桌客人一下子全跑了。程志国没人可抱，有点委屈，抱住岳母就亲，惹得家人哭笑不得。

　　程志国从五年前开始追求赵丽丽，其疯狂和执着程度使得多数竞争者退避三舍，他曾经在雪地当中光着屁股手捧玫瑰跪了仨小时，完成了互联网历史上第一次"雪地裸身跪求"现实版，这一行动击退了最后两名有实力的竞争者——他们觉得跟这孙子为伍太寒碜了。

所以追到赵丽丽并成功地将其变成自己的新婚妻子，这件事儿，程志国自认干得漂亮。

新婚五天之后，程志国回公司上班。下班回家的半路上，他捡了一个老式的砖头录音机，这个东西以前很流行，流氓阿飞的标准配置，就像现在大款的标准配置是豪车一样。程志国对这个玩意很有感情，因为他以前虽然不是流氓阿飞，但是很想做流氓阿飞，所以捡到这么一个宝贝还让他小小激动了一下。

程志国拎着这玩意回到家去跟赵丽丽显摆，赵丽丽完全不知道这玩意是干吗用的，程志国啧着嘴巴说，代沟啊代沟啊。

程志国说：你看，这是播放键，这个是快进键，这个本来是快倒键，但是现在这个键掉了，这个是开盖的——这个键坏了摁不动。不过没事，我能修啊。

赵丽丽没他那么兴奋，她说你玩你的吧，我做饭去了。

程志国就自己玩，他按播放键，按不动，他说，这玩意都坏了，我还不信了我。他又按快进键，咔塔一声，声音真好听，按下去了。

这时程志国听到卧室传来呻吟声，程志国说，你不是做饭么，咋又看上毛片了？这不是跟你哥哥叫板呢么？

说着他走进卧室，就看见赵丽丽光着身子仰躺着，一个男人在她身上正使劲呢，赵丽丽爽得跟要死了似的。

程志国吓了一跳，大白天的怎么会出现这种幻象？他摇摇头，继续往前走，路过穿衣镜的时候他扭头看了一眼，发现自己这几天一下子就老了很多啊。他再扭头看，赵丽丽在穿衣服了，一边穿一边正跟男的说话。

你快点吧，我还得去幼儿园接儿子呢。赵丽丽说。

儿子？程志国说，谁儿子啊？

赵丽丽扭头看看他，你傻啊，当然是咱们儿子了。

说着话她走过来，眼睛里都是眼泪：国，我不该说你傻，对不起，车祸之后你的记忆确实有点下降了。今天，咱儿子大学毕业了。

程志国说，躲开，让我抓了狗日的奸夫先！

他急于抓住那个男人，但是他根本走不到那个男人面前，看上去他是在走，可却在原地踏步，又倒了两步，膝盖处咔嗒一响，骨折了竟然。

这时，满头白发的赵丽丽系上了裙子的腰带，走到程志国面前，颤巍巍抱住程志国说：国，我爱你，和你在一起，还真是幸福的一辈子啊。

就这么着，程志国流着哈喇子死掉了，脑海里最后一个念头是：我不是才结婚几天么，真他妈人生苦短。

白驹：在世界遗忘你之前

夜晚快来吧，凌晨快来吧。

下午三点半左右，老张去书店买了本第二版《俄语文学大义》，他一边翻书一边走，嘴巴里念念有词，读着书上的词句。这时，迎面走来一个人，一身的观世音打扮，那个人看了看老张，突然伸出手一指，说了句：定。

老张刚想笑，就被定住了。在最初的两秒钟里，他丝毫没有被"定住"的感觉，他的意识还在向前走，他以为自己的腿还在迈动，可是两秒钟之后，他就发现，自己确实被"定住"了，保持着翻书的姿势，和似乎要笑的表情。

观世音打扮的人从老张身边走过，他闻到那个人身上散发出来的气息，大蒜，羊肉，洋葱，莫名的香料的混合香气，他还能看到观世音那不算整洁的、宽大的青灰色袍子里，露出纯棉T恤的一个小边儿，他还在想：敢情您也穿T恤啊。

观世音和他擦肩而过，从此再也没有出现。

即便是这一时刻，老张心里仍然在咻咻地笑个不停，他觉得这个事情太有的说了，他要怎么跟妻子、女儿、同事、朋友、岳父岳母、母亲——甚至电视台报纸杂志网站们——描述这个奇妙的事件呢？有谁会相信他的话呢？他想到他们一副不相信的表情，觉得很有必要找点证据，证明自己曾经路遇观世音，并且被观世音定住。

可是他动弹不得，除了眼珠能左右瞟瞟之外，只有微风轻轻掀动着他的头发。

老张觉得这也太好玩了，太荒诞了，这一下子，简直比他这半辈子全部加在一起都有意思都荒唐有趣。一个人，去书店买了本《俄语文学大义》第二版，就被定在街头，这算什么事儿啊？他心里笑得稀里哗啦的，接踵而至的就是些许害怕，他妈的，莫非我真的不能动了么？

此后的十分钟里，他尝试动换、动弹、动一动的任何动作都告失败，他如钢如铁如花岗岩汉白玉，纹丝不动地矗立在街边。他妈的，这还真有点麻烦呢。

此时他身边不断有人经过，在他们看来，这儿站着的是一个正在看书的中年男性，没有任何迹象表明这个人正在激烈地寻求帮助——在他的内心。

有什么咒语可以帮助老张么？有什么神迹能再度光临，将他从定住的状态释放出来？老张能否重启自我，就像重启电脑？——街上汽车轰鸣来去，交警的吹哨声在街口响彻，情侣往来，牵着的手不会放开。啊，眼神为何不能变成一道光芒，可以在空气中写下：救命！——哪怕再简单一些，就写下"SOS"三个字母也成啊——或者写下妻子的电话号码！这太窘迫，太尴尬，太无聊了！

老张放松又紧张，紧张再放松，盼望自己大小便失禁引发路人厌恶，没有，没有大小便失禁。他身体内部的时钟已经停止转动，没有失禁，没有代谢，血液不再流动，蛋白不再合成。可气的是，为什么自己是捧着书的状态？这也太迷惑人了，我应当在跳起来的刹那被凝固，这样人们一定会围观会报警，可是人们没有理由因为一个站在街边看书看得入了迷的人而报警啊。

现在老张把全部的宝都押在了时间上，就像一个被抛弃的男人，将遗忘的宝押在时间上一样。出门的时间过久，妻子会因为担心而寻找，妻子知道他去书店，一定会来这一片儿。对对对，清晨三点半，扫街人会出现，他们一定会对一个几乎凝固的、黑暗中的阅读者感兴趣——哪怕他们因为害怕而报警也好啊，夜晚快来吧，凌晨快来吧。

老张，四十九岁，已婚，有一女正在发育，每天盯紧自己的胸，涨了怕人看出来，不涨担心将来飞机场，心思全然不在学习上。老张的太太——算了别提她了，提起都是眼泪水水啊。

行吧，老张捧着《俄语文学大义》第二版，等待着凌晨，等待扫街人的来临。他不知道的是，他的身体正在消失，从脚开始，他看不见的地方。唉，老张此时尚能思想，心里充满活动，回想前尘往事，突然觉得自己一生对祖国、对民族居然没有任何贡献，心里不免有些惝惝，看来以后得好好做点有用的工作了。

白驹：蒙主垂怜

她睡眼惺忪地醒来，突然不知身在何处，也不知今夕何夕。

惶恐中打开床头灯，一切都无异样，卧室安静，远处传来夜风掠过树丛的声音，和无名野猫的凄厉叫声。

又过了一秒钟，她猛地发现有怪异之感，因为她的丈夫不在床上，她的身边，留着一个浅浅的、曾经有人睡过的凹痕，烟灰缸里也留着他睡之前最后一支烟的烟蒂。

可是人却不知所踪。

她叫了两声她丈夫的名字，无人回答。

浴室没人。

书房也没人。

这套两居室的公寓，不会大到听不见呼唤声。

今天是一个周五，她和丈夫刚刚在有关单位办理了结婚手续，从今天起，那个男人变成她的丈夫，她想好了，总归要结婚，跟他结，总是跟自己爱的一个人结，以后要一起好好地生活下去，给自己的人生一个交代。办完了手续，丈夫要去洗车，她就自己去了一个咖啡馆。

下午，咖啡馆里没什么人，可以说只有她一个客人，剩下的都是猫，各种各样的猫，在阳光下慵懒地踱步，或者神色警惕地观察着唯一的这个客人。

她去咖啡馆本来是想心事的，但是心里乱糟糟的，没想成，感觉有些心慌意乱，这个跟经前那种烦乱不大一样，这种是——有些绝望，有些不想活下去了的感觉。这种心思要不得，这种心思太过复杂，心灵处理不了，也处理不好，不如不想，可是怎么都抑制不住地烦乱焦虑伤感起来。

丈夫洗完了车，就来接她，俩人邀请了几个朋友，晚上一起去吃饭，找了一个干净馆子，那几个刚刚下班、饥肠辘辕的朋友赶来，听说他们已经结为夫妇，欢呼一阵，胡乱祝福了几句，就着红酒送下大片牛肉，就着咖啡吃完大块甜点，就迅速消失在夜色中。每个人都有一大堆事情要处理——丈夫、妻子、父母、孩子、明天的短途旅行、狗、猫、情人、美剧、日剧。

他们付了账，慢慢开车往回走，一路上讨论了关于未来的一些问题，比如收入怎样分配，比如是否真的生孩子，比如双方老人如何赡养。他们开了一些玩笑，最终都以热吻结束。

上床之前他们一起在浴室洗澡，这很少见，丈夫是个腼腆的人，不喜欢被人看到裸体，反而她无所谓，喜欢俩人同时被水淋着的那种感觉，这让她有欲望，于是她刺激丈夫，让他变得兴奋，就在浴室里干了起来。

完事之后俩人都有点晕，丈夫叼着烟在床头翻电子杂志，她瞪着眼睛看天花板，睡着之前，她跟丈夫说，爱你，丈夫嗯了一声，用手拍了拍她的脸，接着她就睡去——好像只过了一秒钟，她就醒来了。

她有些担心，拨通了丈夫的手机，嗡嗡声从身后传来，丈夫的手机就在床头柜上。

她挂掉电话，这一时刻，真是让她迷惘极了，迷惘极了。

她抄起手机看了一下时间，是凌晨四点。

整个公寓没有一点声音，她起身走到窗口，拉开窗帘，向外窥看，好像能找出什么端倪，什么信号，什么提示，然而没有，一切都如往常。

街灯孤单，行道树浓荫密布，野狗低着头匆匆跑过。

白驹：失忆小夜曲

我来告诉你，我是如何渐渐变成一个失忆者的。

这需要慢慢慢慢陷入回忆，它很难，很累，耗费功力。

01

我想起来一点儿了——我站在一个窗口向外张望，窗外是一座桥，桥下有河水，那是三月天，山上的雾气还没有消散，雾气中都是鸟。我原先是一个画匠，往墙上和木头上画神仙画。那天收工早了点，所以站在窗口向外看，那时候我还没有失忆，记忆强烈得像是春药，有劲，带着秘密。

我又想起来一点儿了——我从天上掉下来，我记得，我从煌煌都城飞到桥边夜店的窗口，我记得你，你猛地从夜色中绽出，像花一样开放起来，笑得要死要活。我们像是中了笑婆婆的蛊，狂笑爆笑怒笑，笑得惊悚，笑得后无来者——我们那天笑得太多了，把后来的欢乐都笑没了。

我又想起来一点儿了——我坐在架子上，往仙鹤翅膀上涂抹颜色，我喜欢鲜艳的仙鹤。我正涂抹呢，偶尔一回头，就看到你坐在小草墩上，那个样子，像个小神仙，我觉得不错，还描画过。

我又想起来一点儿了——你记得你养着的那只鸽子吗？你用来传消息的？黑色的，咕咕叫，你用它给我传过消息的，有时是一张小纸条，有时是一块大青布，有时候是一个字，有时候是一堆字。那只鸽子后来被你摔伤了，还是我光着脚给找回来的，我捧着它，它已经没力气了，脑袋耷拉在我手心里。后来这鸽子就飞走了，再没回来，我还差人到处找，也没有找到。

可是，我想起的这些都是真的？还是假的？是梦还是曾经发生过？对不起，我吃了太多的药，这些年来，我不断失去记忆，为了挽留它们，我不得不吃大量的药——人参、柏子仁、石菖蒲、芡实、银杏叶、葛根、白芍、灵芝、茯苓、远志、山药。

可是，我吃得越多，就忘记得越快，我越是急切地想要留住你的样子，你的样子反而离我越远，零星的碎片根本无助于回忆，倒是碎片锋利的边缘常常割伤我，弄得我每天鲜血淋漓，不停地冲洗，不停地涂抹药粉——车前子、马齿苋、黄芪、甘草——我像个巫师一样浑身药香，在每一个夜里陡然惊醒，脑海里嗡嗡作响，回荡着你的声音。

——你让我走吧。

02

哦，我突然想起来我是如何变成一个失忆者的啦。

是四月吧？好像是四月，焚风突然刮起来，天一下就热了，我背着一个大包裹，从无心陵赶回来——我去给无心陵的娘娘坟画神仙图——我刚刚把大包裹交给你，你还笑着呢，你还说话呢，说东哥回来啦。一下子，一瞬间，一刹那，我看到你的影子虚了，我知道你已经不是你了，谁把你带走了，那个替你的，假装是你，演得很像，但是被我看穿了，这一下子，我的心就疼了，疼到连你的名字都忘记了。

从那个时候开始，我就渐渐不记得过去的事情了，我有点担心，妄图挽救，我倒不是怕忘记你，我是怕忘记那桥，那流水，那鸽子，我就开始吃药，可是越吃越糊涂，越吃越受伤，像一个巫师，浑身药香，夜半惊醒，你的声音回荡。

——你让我走吧。

03

我真想找我师傅去。

我师傅当年在一棵阿里多罗树下证悟，从此变成一个忘记者，他有意忘记人间一切苦厄烦恼欢喜快活，有意忘记父母兄弟姐妹儿女，有意忘记文字，忘记绘画，忘记音乐，他忘记了爱和恨，变成一个忘记者，惘然存活，毫不费劲，每天跟狗一起出门，跟狗一起回家。

可我怎么好意思跟师傅说呢？我能说，师傅，请让我忘记一些事情，但永远记得一些事情吗？

万一他问道，你要忘记什么，又要记得什么？我该如何回答？

"我想忘记一切，但唯独那桥那流水那鸽子那笑声那眼泪那四季歌，请帮我留下，永存心底"，我能这么说吗？

不能，我师傅一定笑着说，不能，要么永存，要么永逝，中间的是尘土。

我可不想让我珍贵的回忆变成尘土。

我又想起一点儿来了——我拿着画笔站在地上，你从半空里飞落，翅膀带着灰尘。我说，你干吗还穿着大白靴子，你脱了吧，让我看看你的脚，是不是真的是鸟脚。你笑起来，然后你落下，收拢了翅膀。

然后你一直低着头，眼睛看着我手里的画笔，说，你让我走吧。

可见，我能想起来的，全是我幻想的，因为生活中没有谁会带着翅膀瞎乱飞。可见，我已经彻底失忆，完全失忆，就连我刚才写下的，我都误以为是前人的旧作，因为它带着古旧的气息，如今年代，再不能得。

大义公主

唐末

公元前627年

白岸城和里村

古意

返唐

第十辑　梦回

我是唐朝的刀笔小吏

我住千秋绝艳楼

我怀念我的唐朝，我想我是不是该回去了

大义公主

盛衰等朝露，世道若浮萍。荣华实难守，池台终自平。
富贵今何在？空事写丹青。杯酒恒无乐，弦歌讵有声。
余本皇家子，漂流入虏廷。一朝睹成败，怀抱忽纵横。
古来共如此，非我独申名。惟有明君曲，偏伤远嫁情。

抄书的时候，抄到这首诗歌，作者是北周的一位公主，叫大义公主，她生活在北周和隋朝初年，距离今天一千五百多年。

诗写得一般，但带有故事：

盛衰之间就像朝露变幻啊，世道飘零如同浮萍游荡。好日子总是不长久，富贵宴饮、弦歌弹唱的生活就此消失。

我呢，本来是皇家的女儿，命运却将我送到异族的王庭，眼看改朝换代，人头落地，成王败寇，这种古来如此的故事偏偏落在我头上，我只有暗自垂泪伤心罢了。

大义公主是北周皇帝的女儿，被北周和亲到突厥，嫁给了一位可汗，后来可汗死了，她按照风俗嫁给了可汗的儿子。隋朝统一天下，北周灭，突厥朝野震动，不知道该怎么办，大义公主写信给隋文帝杨坚，说自己和突厥王朝都愿意归顺。

杨坚此时没有心思处理北方事务，于是接受了她的请求，并赐她姓杨——她本来姓宇文——改称号为大义公主，并送给她一面屏风，勉励她继续支边。

在这面屏风上，大义公主写下上述诗歌，这首诗广被传抄，辗转为杨坚看到，她的命运进入转折点。

杨坚认为这首诗歌讽刺了他，感到不快，同时密使送来北方的消息，说大义公主参与了一起谋反活动。

杨坚下诏，除去了大义公主的封号，同时放话给另一位突厥可汗，让他寻找机会除掉大义公主。

这年，公主殿下三十三岁，她写了一首诗，遇到了一段爱情。

公主和一个姓安的小官之间，发生了爱情，这种爱情风险极大，但公主韶华将逝，她拼力爱上了小安。

假如她没有写诗，杨坚会保护她，假如她没有遇到爱情，她的王后名分可以保护她。

可汗——她的丈夫、曾经的儿子——冲入帐中，拎着一把刀，向她刺去。

唐末

　　我是一个刀笔小吏，住在千秋绝艳楼——一个旧式木质的二层老楼，不是妓院，它的旧主人是个卖西域衣裳的——每天坐在栏杆里头，看雨从虚空中缓缓飘落，那些雨把青石板打湿。这时，有些蓑衣人从街头走过，你看不见他们被斗笠遮住的脸，但是你认识他们，哪一个是写诗种地的薛三空，哪一个是写诗打铁的陈不克，哪一个是写诗杀猪的吴鹦哥，哪一个是写诗杀人的方铁溪。

　　每天傍晚，我坐在栏杆里头，看雨，等娘子做好晚饭。娘子知道我爱喝汤，就总是煮汤给我喝，有时候是鱼汤，有时候是豆腐汤，青菜绿油油，我给汤起了个名字，叫作碧玉簪。娘子就笑我，说我想得太多了，若是胡辣汤，你又要起个什么名字？漫天响，我说。

我的工作并不繁忙，转誊抄写，一会儿就完。完了公事，我就背着手出城门，往城外去，一出城门就是田野，有时候，麦子都长在城墙上了。

在我们古代，比较重视情意，这里头包括爱情和友谊。你们现代人重视利益，其实重视利益也没什么不好的。但重视情意更好，你心里更安静，可以看一下午书，听雨淅淅沥沥响彻庭院，然后你捧着朋友的信，看一会儿，起身回到榻上躺下，雨还在响，你放下信就睡了，日子长得很，等她，等他，等什么都来得及。傍晚，远处大鹅叫起来，你也起身，娘子端来一碗胡辣汤。——给你喝，漫天响。

我知道重视利益也没有什么不好，但是我有点烦了——你根本不用张嘴，小舌头我也看得见，肠子肚子我也看得见，心我也看得见，只是我不想看了，再多看一会儿，我就不想活了。我也知道我其实是回不去的，我娘子空等着，端着一碗碧玉簪。我是回不去了。

公元前627年

在我们春秋时代，一天很漫长。

每天站在鬼梁的山冈上看云，因为不会写字，自然无法抒情。所以我用刀子在一根木头上刻写心情：比如我想抒情，我就刻了一朵云：比如我有些伤感，就刻一只鸟。不管怎么说，看见鸟从高天上飞远，还真是颇有伤感之意，因为不知道那些鸟儿飞向何处。这样一来，木头上就刻满了符号，云朵，飞鸟，牛，狗，云，云，云，鸟，云，鸟——这么说起来，我还是比较抒情的。

每天确实很漫长，躺在草丛中睡一觉了都，醒来太阳还高高的，于是起身来，背着刀子和柴火下山去，每天都一模一样，直到那天。

那天我站在鬼梁的山下，看见无数战马扬起遮天灰尘，甲胄和兵器撞击得叮当作响，我的驿马庄燃起大火，彻夜不息，插着羽箭的尸体横陈于荒野，血水流成一潭，血水和成泥浆，让黄土变成赭石色。

晋人破秦。

我张皇奔走，我涕泪滂沱，我去找阿璃，可是我怎么都找不到她了。

我眼前登时一派模糊，眼泪稀里哗啦流个不停。我喘不上气来，眼看就要憋死，这时候一支羽箭飞来，扎进我的胸膛。

我带着这支羽箭狂奔，感觉不到疼。

我从来没有跟阿璃说过一句话，当然了，我心里已经说了一万遍。我从来没有碰过阿璃一指头，当然了，我心里已经跟她生儿育女盖房起屋。

阿璃初来的时候，是一个光头，穿着层层叠叠的青布、蓝布、褐色布的衣裳，所以她就像一个蚕蛹，被她父亲抱着走来，走进我的心房。他们家是呈城的宰正，因犯了王法，被降为庶民，全家剃头，丢到鬼梁下的驿马庄。

我张皇奔走涕泪滂沱，胸前插着一支羽箭，心脏被刺破，越来越虚弱。晋人的骑兵，就像大风刮过荒野，将驿马庄荡为平地。

带着这支羽箭，我苟延残喘地活了下来，我折断箭杆，留下箭镞在心脏深处，伤口渐渐复原，只是不能再下力气，比如说锯木头，一用力就要眩晕过去，当然，也不能思念，因为思念比锯木头更耗费力气。

可是我继续思念阿璃，忍受着剧痛和眩晕，我就像一个高血压患者，经常晕头涨脑、呼吸急促地坐在水井边上，路人都知道我这毛病，都关切地告诉我：

阿璃会找到的，你就放心吧。

公元前627年，我身负重伤，经常眩晕，心脏里埋藏着一支箭镞。收拾了行囊上路，驿马庄方圆百里已经找了一个遍，我得走得再远一些。

呈城，巨大辉煌，竟然有十字街，竟然有妓院——战祸之后，一切如常，死的人、死的战马埋起来，就又是新时代了。我四处打探，确实有流民逃难至此，在呈城一角盘踞，棚屋绵延，污水横流，野狗四出，那是流民们为一个馒头，也要挥刀杀人的所在。

就在这污秽肮脏之地，阿璃背着水桶，一跳一跳地从远处走来，她在污水泥地上跳来跳去，怕脏了裙角。

我站在那里，看着她渐渐走近，深感欣慰，老天不负苦心人，终于让我找到她啦。

她越走越近，我就想，我该怎么告诉她，我有多么想她。

我是先给她看我刻写在木头上的花朵和白云，还是先一把抱住她再说？这么想的时候，我的心脏开始疼起来，这是用力过猛，我心脏里那一枚小小的箭镞，我的生命的阀门开始转动。

我不能呼吸，眼前发黑，阿璃越走越近，已经看到我了，她站住，一脸困惑地看着我。

我站不住了，猛地向后退开几步，咣当一声撞在一座棚屋的墙上，我向她伸出手去，我想跟她说，阿璃，我是来找你的。

但我没有来得及说出来，情况是这样，我还没有来得及说出来，就一下子摔倒在地，刚好倒在一堆烂泥里，如果你恰好路过我的身边，你一定会想，唉，这个人真可怜，连个铲子都没有，硬是用自己的身体在和泥啊。

有时候，你跋涉千里万里，就是想看一眼一个人，或者一只鸟，或者一堵写满故事的墙壁。

　　这么想一想，你已经看到了，也就该知足了吧。我眼前模糊，身体变凉，心里都是话，都没来得及说。

白岸城和里州

白岸城和里州相距两千多里,两个人见一次面,特别不容易。

01

在唐朝,白岸城出诗人、铁匠和妓女,里州出养蜂人。

我和娘子相遇在蒿泽,相遇之后,喝了一场茶,吃了几张胡饼,蘸着新打的乳酪,真是好吃,至今难忘。同时我牢记蒿泽城中央的大湖,湖面上绿头鸭和天鹅四处觅食,天鹅又大又肥,长长的脖子显得淫荡。蒿泽的妇女们用胡饼调戏天鹅，逗得天鹅脖子一会儿伸直一会儿变弯。

吃完喝完，我就当兵打仗去了，她回到里州，继续在家里头养蜂，每天带着麻布面罩，一走路就摔一个跟头。

02

我戍守白岸城，此地正遭受党项人攻击，党项人高大威猛，白岸城的妓女们喜欢威猛之人，不免暗中传递情报，致使该城屡屡被攻破，又屡屡被我们抢夺回来。这样一来，你就能想象，白岸城里还能剩下什么，什么都没有剩下，最近的这两年，人和狗，牛和羊，都逃亡了，只剩下我们这些士兵——你要说士兵难道不是人么，我得告诉你，士兵不是人，士兵是士兵，攻城略地，征战杀伐，一直到死去，变成白骨和统计数字：

白岸城十七战，唐军死二十一万八千九百六十七人。

03

我很想念娘子，就经常写些书信，书信都不长（我也写不了长篇书信），一般诸如：

娘子你好，今日作战，我毙敌一名，但因不慎，左肩中箭。秋日渐短，暖阳如金，遥看天边，烽火之外，你一定在喝蜂蜜水，深为想念，你要慢慢喝，不可呛到。祝安康。夫字手书。

再比如：

娘子你好，今日作战，我未能毙敌，恨甚。昨日起大雪，今日竟致没膝，我就着雪吃了一些干粮，就想起我们一起吃的胡饼，算来，已经三年没有见到你了，你还在喝蜂蜜水吗？

很是想念。祝安康，夫字手书。

这些信从来都没有寄出去过，因为战事蔓延，白岸城已经断绝了跟外界的联络，我写好了信，就把它们烧掉。

这三年，我烧了五百封信。

04

想念是一件艰苦的事情，比作战还要艰苦，作战的时候，你只顾着害怕，因为害怕又生出的无穷力气，挥舞长刀冲进敌阵，或者被威猛高大的党项人追得气喘吁吁。

但是，想念这件事，就会弄得你很辛苦，闭上眼睛是她，睁开眼睛，居然还是她，脸上有几粒雀斑，穿着隐花短襦，小小的手里拎着一把小镰刀，为什么是一把小镰刀，我也不知道，你要我现在闭上眼睛重新想一遍，还是镰刀。

有时候我盼着作战。

05

我内心的声音或者是我焚烧的信件的内容，被什么神灵给知道了，这个神灵大概是专管地理的，于是就出了这么一个主意帮助我。

第四年春来，我决定弃甲逃亡，事先做了周密计划，将干粮省下，足够支持我跑到人烟稠密地带，然后，我想好了，靠着打工挣钱，这样，无论如何，挨上一年半载，一定能回到家。于是我弃甲逃亡，背着干粮和小刀，踩着无数唐军和党项人的尸体爬出了城，我在月色下走了一会儿，忽然停住脚步。

——我好像走错方向，我记得往南的方向是茫然荒原，怎么会突然出现一座城池？

看看月亮，没错啊，是南方啊。

06

地理神，是一个小胖子，留着两头翘起的小胡须，住在世界尽头的邑湖，帮我这个忙，是他的灵机一动，他看出我思念艰苦，于是打开《人间万物地理全图》，用手指拈起里州，将它摆放在白岸城南边，三里之外。

借着月色，我看到城门上，赫然写着"里州"二字，简直令人难以置信，一定是想她想得太狠，以至于出现了幻觉，这太可笑了，我想念着两千里之外的娘子，可是她的里州，只在白岸城外三里之地，那我怎么从来没有看到过蜜蜂？

这太可笑了，我走进城去，城里寂静，只有夜猫游荡，我走到得福巷，她家就住在这里。我笑得不行，但随即一阵害怕涌上心头——说不定我其实是一个死人了！我的魂魄归乡了！

我站在她家门前，伸手拍门，心跳得马上就要窒息。

07

我们在前世约定

一起穿行这世界

一生都不会停歇

永远向着那春天

古意

临别第一

解开白色大袍子，换上藕色的大袍子。

登船之前，让孤独的人再回头看看吧。

有大雁从空中飞过么？有写满了字的素白绢布从空中飘落么？

船上种了桃花，就像一船桃花树在河里走，风来的时候，桃花的花瓣从船尾呼啦啦飞落，跟着船鼓荡起来，就是那种桃花的风，一直到很远，才飘落到河里。

河水都绯红了。

相思第二

相思只有一样，像药开了花，像佩刀开了花，那些枝蔓缠绕，分作两路，纠缠着滚滚而去。

春天，河水泛滥，孤独的人，远远看着，看一个高丽老头，胡子白乎乎一大把，又穿着大白袍子，在白水涌动之际，渡河而死。

啊，我的琴，能弹出多少追思的曲调，能弹出多少追思的曲调呢。

眉头第三

眉头一皱，计上心来。

孤独的人，想到这里，将佩剑拔出，缓缓走向船舱。

他走进去，像被桃花一口吞没。

到半夜的时候，人们在河流入海处看到了桃花船，桃花一边开放，一边凋谢，船后跟着桃花一样的风——你能看到风的唯一方式。

船进了入海口，就没回来过，好奇的人驾了船去追，却总也追不上。

爱，总是一件很难的事情吧。

返唐

春节，十二个背负债务的精灵，从遥远之处奔波而来。

他们只有一夕生命，所以，由得他们去。

我点灯独坐，秉烛读书，就像他们不曾围绕我的窗前。

在了无乐趣的爆竹声中，我想就这么抱着书死去，了却我的心愿。

在一片白色炫目的光芒之中，我被轻抚，被安慰，被告知，我将在来世回到唐朝，生于南海边，捕鱼为生，娶一个健壮姑娘。

啊，多么令人向往。一片夺目的白色白色白色……

我为什么写作

写作对于一个人意味着什么，我到现在还是不明白，为什么有些人拿起笔来写作，而另一些人就不？为什么这些写作者不去喝酒、吃饭、旅行、看电影、唱歌、追求异性或同性，而是选择默默地坐下来写作？他们有什么了不起的？

我自己写作的原始动机，是不善于说话，小学时期，我察觉到口吃严重影响了我的自信，我困惑于自己和别人的不同，于是我闭嘴写作。后来长大了，口吃已经是糟糕生活境遇里一个最小的困扰，我的写作习惯却已经形成。

这本书里收录我2006年至今的一些天马行空的写作，我不知道应该把这些称作什么，我不好意思叫它们小说，我总是说，故事故事，我在写一些故事。

我的写作并没有什么目的，都是想起什么就写什么，写着写着有事儿了就写个结局戛然而止，所以它们的篇幅都不长，我兴之所至胡乱写下去，吸引了一批口味特殊的读者，他们有的人和我熟识之后，才发现我是个拍电影的，业余写作，而在我内心深处，我其实是业余拍电影，专业写故事，我脑海里那点儿荒芜的人生碎片噼里啪啦往外涌，看谁都是故事。

恰似半师半友的前辈高群书导演在序言里所说，我是个缺乏深度的人，是的，我对生活浅尝辄止，这是病，得治。我感受的生活多半如此——瞪眼看着时间流走，窗户上，夕阳的光芒渐渐消逝，夜色从楼下黑黢黢的树丛间悄然包围，我端着咖啡，捧着电脑写故事，让好人坎坷，恶汉甜梦——我庆幸自己保持着对生活的浅显认识，不深究生活里那些压迫人心、让人变形的逻辑或者现实，略有好奇地继续写着。

感谢你们耐心看到这里，希望你们喜欢这些故事。

感谢重庆出版社，让我有了整理和重新审视它们的机会，这些文字令人汗颜，但总算是几年的人生。

杨树鹏

2015/7/27 于藏湖楼西窗

图书在版编目（CIP）数据

在世界遗忘你之前 /杨树鹏著. -- 重庆：
重庆出版社，2015.10

ISBN 978-7-229-10179-4

Ⅰ.①在… Ⅱ.①杨… Ⅲ.①随笔—作品集—中国—当代
Ⅳ.①I267.1

中国版本图书馆CIP数据核字（2015）第157953号

在世界遗忘你之前
ZAISHIJIEYIWANGNIZHIQIAN

杨树鹏　著

出 版 人：罗小卫
策　　划：华章同人
出版监制：王舜平
责任编辑：王春霞
责任印制：杨　宁
营销编辑：刘　菲　王丽红
内文插图：黄　觉
装帧设计：主语设计

重庆出版集团
重庆出版社　出版

（重庆市南岸区南滨路162号1幢）

投稿邮箱：bjhztr@vip.163.com
北京联兴盛业印刷股份有限公司　印刷
重庆出版集团图书发行有限公司　发行
邮购电话：010-85869375/76/77转810

重庆出版社天猫旗舰店
cqcbs.tmall.com

全国新华书店经销

开本：787mm×1092mm　1/32　印张：7.75　字数：150千
2015年10月第1版　2015年10月第1次印刷
定价：48.00元

如有印装质量问题，请致电023-61520678

A VERY
DARK NIGHT

我买下的绝望地

杨 树 鹏 的 诗 歌 长 短 句

诗歌是我唯一的密室
可以让我躲在里面
与自己的灵魂亲密
就如同小学三年级的那个春天
我在月黑风高的旷野里
第一次发现自己

自序

破碎的灿烂的以及与青春和诗有关的碎片

杨树鹏

01

我出生时天无异象，那天陕西宝鸡的街头有男男女女游行，庆祝青年节。大洋彼岸，四个美国大学生因为抗议美国的东南亚政策，被国民警卫队士兵打死。几个月之后，我跟着父母迁往甘肃，在甘肃住了十几年，一直到我自己选择离开。

从1980年到1990年，从我十岁到二十岁，十年间，阳光夺目，青春暴烈。

02

整个1980年代，中国充满各种奇异的际遇，前端是改革发轫，反思寻根；末端是人心浮躁，世事浇漓；中间，像一座高山一样耸立着八五新潮，正是它，把我变成了现今这个样子。

那年我背着书包，站在甘肃长庆一中初二的门前。我从外地转学至此，那个地方更小，而庆阳——这个有十字街的县城，俨然是个大城市，初二年级竟然有八个班，每个班都有那么多鲜活的少女，发出尖叫，在走廊里奔跑，阳光照射在她们的裙子和辫子上，让我瞠目结舌。我发愣的时候，我身边站着的老三也在发愣。他跟我长得很像，也是从小地方转学来的。我们俩一起发了一会儿愣，被好心的美少女叫进教室坐下。我记得就在那个下午，我的青春期，咣当一声，开始了。

两年之后，我和老三已经成了老铁，上学在一起，放学也一起，除了睡觉，我们总是待在一起，我们有说不完的话。尖叫着的美少女们已成惯常的风景，有个别闯进心田，但这个姓陈的美少女完全没有眼光，竟然看不出我是一个有追求的青年，于是也便就此别过。1985年，我没有考上高中，也没有考上中专，摆在我面前的只有一条道路——修改自己的年龄，去当一名消防员。决定去当消防员那天晚上，我和老三伙同几个哥们，在一家小饭馆搓了一顿，耗资人民币15元，有酒有菜，一瓶白葡萄酒，弄得五个少年都有些微醺。回家路上秋雨绵绵，我们头发和外套湿漉漉的，心中充满强说愁的忧伤。

与此同时，在那些遥远的地方，大城市，文艺青年们正在用绘画、诗歌和小说改变着世界，我们并不知道，我们刚刚学会打架，还打得不怎么老练，我们还没有诗歌，只有无名怒火。

03

我们的无名怒火完全是封闭的小县城和动荡的青春期造成的。我们那个小地方，盛产无所事事的街头少年，他们发型怪异，举止孟浪，看见少女就吹口哨，看见不忿的男子，就上去暴揍一顿，一切都乱哄哄的没有来由。街头经常扬起一阵尘土，一帮少年就滚打在一起，一会儿就有一个血人从人群中冲出来，一道烟跑远。我，攒下零用钱，去邮局买最新的一期《诗刊》，不是为了看诗歌，而是为了看一个大眼睛的姐姐。不知道为什么，这个大眼睛的姐姐显得忧郁，坐在一个不起眼的角落，售卖各种期刊杂志，我通常买《诗刊》、《大众电影》这两种。大眼睛姐姐告诉我，《诗刊》每次只进三本，买它的人很固定，一个是我，另一个是医院的宣传干事兼诗人，第三个是图书馆的主任兼诗人。我为此又害羞又骄傲，一个十几岁的娃娃，用《诗刊》装样子，实在让人不知道说些什么好。我买了一年《诗刊》之后，突然很想写诗，就在此时，我改大了年龄，将要当一名消防员。在秋雨绵绵的夜晚，老三和朋友们为我送行，第二天，我前往一百公里之外的消防队报到，接受集训。

04

我的诗歌之路，和我在消防员生涯里遭受的磨难紧密相连。我年方十五岁半，却冒充一个十八岁青年，体力和心理状态明显跟不上。新兵集训的第三天，我就摔倒在训练场上，脚踝严重受伤，迅速肿起，被班长背回宿舍，只养了三天就返回训练场，左脚因此留下隐患，不能坐火车，不能长途步行。这算不算青春留下的印记之一我不太清楚，青春给我留下太多印记，随便一抓一大把，伤口和文身，诗歌和记忆。

在整个集训期，我脑子里想的只有一件事：熬过去。六个月实在漫长，冬天白雪皑皑，我们在清晨出操跑步，跑着跑着我居然睡着了，跑出了队列，中队长对我处以体罚——接着跑，那个早晨我一直在操场上跑步，战友们都在排队打早饭，我却一身战斗服，丁零当啷哐哧哐哧，在铺满白雪的操场上跑个不停，倍感耻辱，诗情荡漾——这些事儿促动了我写下一些句子，相当幼齿，我到死都不会将它们公布。

另一件事情直接促动我写作，集训结束后，我被抽调去整理支队仓库，这不是什么了不起的光荣，就是中队长随手一指——你，你，还有你，去吧。于是我跟随车辆，来到支队，每天在仓库，将左边架子上的装备倒腾到右边，将右边架子上的装备倒腾到左边。倒腾了两天，我发现墙角堆着一大堆稿纸和文具，杀心顿起，抓起稿纸和钢笔就塞进大衣里，没有原因，就是想带走它们。同去的战友见我真没拿自己当外人，也纷纷下手，钢盔、皮靴、皮带、军衬衣、军绒衣、手套、袜子、大裤衩子——不一而足，大家傻得不透气，塞得像一群大象，蹒跚着走出仓库，当时就被抓个正着，人赃俱获，抵赖不能。支队长老王相当生气，劈头盖脸一顿臭骂，溜达到我面前，看我脚下堆着的是钢笔墨水稿纸，有几分惊讶，问我，你偷这个干吗？

我说，我想写诗。

老王很感慨，当时就把我给放了。

05

为了不辜负这些稿纸，我开始写作，那个时候——1980年代中期，文学青年比文学还多，就像有一个时期倒钢材的比钢材都多一样。我遇到了凌云，光看这个笔名，你就知道这人有多么乡土。这个人确实比较乡土，但他写诗，写的是那种朦胧诗，他借给我两本书，一本是普希金，一本是波德莱尔。我只看了一页普希金就受不了啦，浑身都是鸡皮疙瘩，我相信，这是翻译的问题，说不定俄文原文的普希金要好看得多。翻译害人，就像庸医杀人，毁掉了我心目中的普希金，于是我只能照着波德莱尔的道路前进。

凌云戴着一个黑框眼镜，职业是油井数据的测量技术员，住在一个阴森森的实验楼里。我常常擅离执勤岗位，跑去找他聊天，他读我的诗歌，并作出评判。有一年，甘肃最有名的文学刊物《飞天》派了两个编辑，来我们那儿组稿，编辑们邀请了一批文学青年参加讨论，我不在受邀之列，因为我是个消防队的小混混，没人知道我在写诗，但是凌云这个人比较厚道，他把我的诗歌也送去，编辑们从大堆稿件里将我的诗歌抽出来，说，杨树鹏是哪位？

凌云说，他没有来。

编辑说，这一大堆诗歌里，最好的是他的诗歌，我们要见见他。

我的诗歌在《飞天》上发表，支队长老王很高兴，一脸先知先觉地说，你看你看，我就说了嘛，你小子，行。

这件事算给大老粗形象的消防队伍露了脸，我因为"有文化"，被提升为防火参谋，每天夹着一个黑色的文件夹，去各个单位检查，但我其时青春正浓，察觉到世界正在变化，为自己毫无办法而苦恼不已。

06

春天，我穿着衬衣，叼着烟站在深圳街头，我不但写诗，也开始打架，不但打架，还偷偷去了南方，接受了改革开放春风的吹拂。我第一次到广州，看到巨大的健力宝广告牌，第一次到深圳，看到更巨大的万宝路广告，第一次抽进口香烟、喝可口可乐、听广东劲歌，我看到满街的人穿着牛仔裤忙个不停，无数大厦在拔地而起，心里产生了焦虑，我深感时代变化，却无力参与。与此同时，文学扑面而来，那种老旧的不合时宜的写作已经被苏童、叶兆言和余华等人撕开一个口子，文风为之一改，电影方面，《红高粱》《黄土地》也头角峥嵘，我在电影院看了两遍《红高粱》，深深地被这个电影吸引，内心相当蠢动，产生了为电影做点什么的冲动。

然而我仍必须回到消防队，继续做一个无所事事的消防员，仍然被中队长和班长当作不服从管理的人对待，他们很厌憎我不踏实在自己工作岗位上，每天写写画画想入非非的状态，我也很厌憎他们蝇营狗苟被体制修整成一个豆腐块的样子。我这种吊儿郎当的态度，被他们以各种借口惩罚，包括烧锅炉、评小黑花——我一直觉得管理成年人，像管理幼稚园一样用什么小红花小黑花这种做法十分幼稚，因之抵触得厉害，也就成为小黑花最多的人。那一段时间我无比焦躁，试图参与到正在发生的巨大变革之中，然而闭塞的小县城在阻挡我这么做，我已经决心离开。

07

到了这个时候，我基本上还是个愣头青，除了打架，就是写诗和看书，最奇妙的场景就是，当地的混混走进我的宿舍，被我床头堆着的书搞得很是困惑，他们无法将读书的我和打架的我联系在一起。我自己也很困惑，跟他们一样，我不知道为什么要读书，也不知道为什么要打架，这一切所为何来？我一点都想不清楚。有一个混混，拿着《百年孤独》问我，这书好看么？我说，好看啊。

他把这本书借走了，过了很久之后，他对我说，看不懂，但是挺好看的。

这就是我十九岁的生活状态，每天都在看书，满脑子都是诗篇。我越来越不适应被约束被管理，我态度倨傲，但内心孤独地在一个铁一样的营盘里晃悠，直到有一天，我又想出去看看了。

于是我到了北京。时逢五月，街头沸腾，我心也沸腾。

六月，从北京回来之后，我写了一个电影剧本，叫作《劫数》，这个剧本写得很糟糕，写到一半就写不下去了，因为没有什么故事可讲了。

我们是没有故事的一代，想讲的话，始终闪烁其词。

08

二十岁转眼来临，我用来纪念二十岁生日的举动，是结束我的消防员生涯。我已经做了四年消防员，第一次出火警的时候，因为同车的战友过于激动，一把将我从消防车上推了下来，我吧唧一声倒在火场前，围观群众爆发出善意的哄笑。我恼羞成怒地爬起来，整理好钢盔，消失在同样装束的战友群中。第一次救火就像初恋，总是记得很清楚。我冲进火场，铺设水带，眼角不时掠过那些围观群众，希望从中发现敬佩的目光。四年，我救了十几次火，抗了好几次洪，打过好几次架，用军装换过好几次西瓜吃，我恋爱，失恋，我写诗，再把它们忘记。

作出决定的时候天无异象，1990年代，某个平常的早春，下着鹅毛大雪，我穿好皮衣，背着一个小包包就离开了，耳机里轰响着摇滚乐，我踏着积雪，走向未知的、全新的生活。

09

和我一起拍电影的人，说我是个诗人；和我一起聊文学的人，说我是个拍电影的。我每每欲辩忘言。诗歌于我，就像是记事簿，每一段诗歌的背后，必有一片落叶、一条河流、一匹马、一个城镇或者一个女孩子。

我几乎不了解诗歌的发生机制，我像画画一样对待诗歌，这或许是个错误的办法，我写下这些长短句，寻找一分钟的内心宁静。

有时候，有些夜晚，我对着这些梦呓，内心波澜起伏，我渴望被理解，又害怕暴露在空气里；我渴望振臂一呼，又害怕应者寥寥。此时，诗歌是我唯一的密室，可以让我躲在里面，与自己的灵魂亲密，就如同小学三年级的那个春天，我在月黑风高的旷野里，第一次发现自己；又如同某年某月的某一天，我遇到浪漫女郎，将我的身心引向新大陆。

目　录

我要写诗了，别拦着我

我要写诗了，别拦着我
我要歌颂一些事情
那些我想去歌颂的事物
包括秋天、爱情、遗忘术
包括陈建国、周萍、芳鱼

（我没完成之前，你不要偷看
正在写诗的人有什么可看的
又不是裸奔的陈建国

又不是裸奔的周萍
又不是裸奔的芳鱼）

我要写一首没有过去的诗歌
横亘在时间之桥的正中间
写一首诗歌，没有过去
不沾染坏习气
像你保有的残余青春
我要写一首这样的诗歌

没有更坏的汉字，都是美的汉字
没有更污秽的汉字，都是美的
有韵律，你仔细呼吸
判断其中的韵律
有点像初吻，有点像清晨

我歌颂过周萍的头发和芳鱼的眼睛
我歌颂过陈建国的健壮双臂
我歌颂过的人都隐匿在汉字之间

越来越小，像一粒沙子

我要写诗，我准备写一首长诗
那么正经那么关怀那么充满爱意
我要写了，给我刀子和半杯酒
再给我一把盐，和一盆莴苣
再给我一匹马和一个斗笠
来吧，让我歌颂

献词：妖怪低语

今天和昨天没有分别
我还是躺在地上
身边是你的残骸

昨天过河的时候
我听到水草和树的声音
我还听到你的声音了
但是不真切

当然我也听见了鱼
列队游过潜流
我听见鲤鱼认真地背诵着
宋玉和扬雄
我扑哧一声笑了出来
你一条鱼，干吗背这个

时间的潜流
时间里游动的鲤鱼
鲤鱼背鳍上划过的词语
你的洁白身体
你的毛发和气味
你的残骸

你的残骸躺在这个鬼地方
我的身边，烟蒂的黯淡，废弃的书
折页处你的唇印
你的洁白从未被我看到

我躺在你的残骸旁边

等待你的下一段低语

假装说给我吧

就像你昨夜瞥见我的

一个最微小的刹那

某某

某某，宛如一首忧伤的歌
我再也唱不出
比这更为忧伤的曲调

某某，我曾视你为火焰
倾注燃烧于我的荒野
我视你为荒野，燃烧我的火

某某，我将竹子送给你

我将竹子穿透

我将自己的嘴唇放在空洞的边缘

奏响它，并将这竹子送给了你

某某，我喂养着猛虎

我斩杀它，将它的皮毛

披在你的身上

让它的斑斓进入你

令你更斑斓

可是你啊

我现在唱着一首

忧伤的歌谣

我再也唱不出

比这更为忧伤的歌儿了

一瓶香槟

新娘穿着婚纱
站在玻璃房子里
新郎穿着西装
系着一条黑色的
领带

新娘的脖子上
晃荡着银色的
纹样繁复的项链

新郎的脖子上
系着一条黑色领带

在夏天到来之前
他们抓紧时间宣誓
永远爱着对方
他们交换戒指
这爱情

在玻璃房子的一个角落
那个男人静静地站着
手里拿着一瓶
怎么都打不开的香槟

欢呼传来
所有人跟所有人合影
只有他形单影只
拿着一瓶
永远打不开的香槟

北方，北纬多少度

.

遥远的岛屿
在所有人的常识之外
需要用笔记下拗口的名字
但已经忘记
就是这样的北方岛屿

一个男人蹒跚走在冰河上
伤口已经冻上
血凝结成冰

这个男人停下脚步

背着风尿尿，大声咳嗽

深情地呼喊着一个名字

在寥廓的北方

在一个名字拗口的岛屿上

男人失去爱情和机动帆船

他踽踽独行

渐渐消失在雪雾之中

事情是这样的

事情是在清晨

夜风消散的时候

我像往常一样毫无睡意

翻看古代典籍

查阅

一个西班牙女歌手的名字和传记

并在在线商店

购买日本制造的墨汁

事情是我尚未痊愈

桃子罐头救不了我

辣汁鱼干救不了我

维他命C也救不了我

我尚未痊愈

事情是在黑夜和白天交错的刹那

发生的，当时我全无预感

就听见叮当一声

窗台上睡着的猫突然醒来

对我说

你需要一次远行，兄弟

事情是我从未远行

我走的最远的地方

是小区门口

我曾经冒险

给门岗的保安送过元宵

那已经是好多年的事儿了

不传之歌

四月是残忍的季节……（T.S艾略特）

A

在某一天深夜

猛禽挥动翅膀

回到故乡

其时，他正坐在回廊的阴凉地

擦拭伤口上的血

四月里，猛禽在北方游荡

在他——这个脆弱男人头顶的天空

游荡着

在某一天清晨

猛禽之血流淌在残雪上

风正在变暖

B

美，一颗变形虫

奔跑在意识的冰原

失去双眼的男人坐在冰面上

不停地揉搓着自己的眼睛

美奔跑而来

呼啸着吞噬了这个男人

在四月的某个深夜

美吃掉了一个人

它仍然在冰原上狂奔不止

未曾歇息

孤独星球

他，拿着一本《孤独星球》
站在，中国首都的街头
他是个，微微谢顶的亚洲人
有着一双，动人的眼睛
十天之前，他离开故乡
向往着，中国之旅
现在，他流着眼泪
哭，未曾稍歇
他，打开这本书

想要，找到那个地方
眉寿街，那个地方的名字
毫无结果，书本像个谎言
没有线索，能够回到过去
九个月，他心中默念
怎么，才能歇息一番
泪，毫不迟疑地继续滑下

豆豆开花

像所有盲人一样微笑
端坐在破旧屏风之后
丝弦响起，我要歌唱了

"风吹头发像芦苇咯喂
郎在深山熬时候咯喂
熬得时候像米汤咯喂
不见妹子上山来咯喂"

像所有的卖艺人

裸裎身体，将全身骨骼

绷成弓形

可以烙上一个痕迹

一个没有形状的形状

一个伤痕

"风吹身子像草杆咯喂

郎在深山种豆子咯喂

豆子开花不开眼咯喂

不见妹子上山来咯喂"

像所有的疯子

在心脏的位置刻下你的名字

让血痕结痂脱落

你有了一个白色的名字

全新的名字

"风吹心儿像核桃咯喂

一层硬壳罩上头咯喂

核桃还有敲开天咯喂

不见妹子日子难咯喂"

像所有的死者

漂浮在以北河上

等待着，等待着

等待渔网和你的手

让它们

从我开始生鳞的身上划过

牺牲

A

祭坛上最后一只白色大鸟

张开翅膀抚慰流亡者的

并且献祭的白色大鸟

神情紧张

从倾颓的花园

到幽暗温暖的小径深处

翅膀下每一片羽毛的纤细触感

等待火焰，冰水，刀刃

将要陈列的血

未能流出的牺牲之血

B

我们为不曾出现的事物

做好了多年的准备

消瘦的锻炼者

丰满的节食者

羽毛覆盖身体

最后

当祭坛被荒草覆盖

我们所能做的最后的事情

就是吟唱牺牲之歌

感慨这易逝的光阴

一个爱情故事

此时就剩下他一个人了

就像夜空里剩下的最后一个星星

就像盘子里剩下的最后一片火腿

就像一个独行侠穿行在幽暗竹林

他兴奋起来了

独行侠将要穿行在幽暗竹林

秋日已逝，严冬将至

高县体育运动学校

送走了

最后一批学生
球场骤然空旷
他穿着蓝色的球衣
像个学生
他每天站在操场上看女生
跑步　跳高　跳远
他看她流汗　哭泣　沉默地
换上脏兮兮的跑鞋
他站在宿舍楼的前面
穿着蓝色的球衣
你还以为他也是学生
但其实他是一个
闲人
信步上楼
台阶一共七十九
窗外原来悬挂着斑斓内衣的铁丝
现在空落落　铁丝已经锈蚀
第七十九级比别的楼梯矮一些
容易摔倒

所有的洗手间都空着

那些旖旎的声音和火焰都消失了

那些细碎的低语和彩色拖尾都消失了

一片冷寂，没有了魏凤玲的哭声

和想象之中她的喘息

铁床

曾经横陈过白皙的她

她在床上做梦　自慰　痛经　哭泣

她在铁床上想象爱情

有那么一个男人

铁床现在什么都没有

只有纵横的铁条

中间的部分有些松弛

向下凹陷

床下的地面上还有一些水迹

并不明显

时间过得真快

他躺在铁床上

睡了美美的一觉

睁开眼

天色已黄昏

远处寒鸦唱

四月之雨

四月来临了

在漆黑的夜晚

开始下雨

送花的人走在雨中

脚步湿润

四月，按照旧历

是悲伤的月份

送花的人已经湿透了

他哼着伤心的歌

走在雨中

四月的白色房间

陈旧的铁床上

蜷缩着醉酒的女郎

故事写在旧报纸的边上

扔了一地

在这个片刻

送花的人如同花朵

绽放在雨夜

又湿又娇艳

他一边走着

一边开放

仓皇

模糊地流泻下来......

昏黄的古代

穿着蓑衣的马

从竹林中走出

分开绛红色帷帐

俯身向我

赴任，一条时间的路线

黝黑的莲花

早晨，进入我卧房的莲花

唤醒我

但远离我

端坐在昏暗中

吞噬残花

猩红花瓣上写满情诗

我吃掉诗歌

多少年之前

一株虎铁昏睡

我扭头看着它

直到它醒来

打开身体

我买下的绝望地

A　开始

我买下绝望地
开始收拾它
烧荒，丈量，开垦，凝望
我背着手在地头站了一会儿
觉得心欢喜
1999年，我在
北方的荒县城外

买下绝望地

给钱的时候

我手也抖，腿也抖

把钱都抖到地下去了

我说，那什么

我要种地了

你们都回家吧

别等着了

我不想再流浪了

我要种庄稼了

先种棉花

（我去供销社买化肥

我还想买点种子

我说我要棉花种子

柜台里的姑娘看着我说

种棉花，累死你

我买下绝望地

在此生活

离供销社九十里

离水井十二里

离最近的一棵树

也有七八里

也就是说

我想在树下睡一个午觉

也要走上七八里地呢）

啊夏天

我一个人在地的边边上坐着

啊我的影子

在我脚底下躺着

我看着绝望地

地瘦得像我

B　后来

我担水担得要累死了

还不敢喝，要喂给地

它一下子就把水喝干

连水印子都没有一丝

我挑种子忙
但是我真不会干这活儿
眼睛都瞪瞎了
才挑了半斤不到

我脱了衣裳
精赤着自己
在地里尿尿
在地里吃粮
在地里拉屎
我就是想，我把一切都办在地里
你还不肥么

背着刀子离开绝望地
我走到供销社去
我问姑娘，我咋不会挑种子呢
姑娘笑起来，活该你呀
我一刀就下去了，你他娘的

背着姑娘赶路忙

走了九十里

中间和她睡了一会儿

可惜她不知道

背着姑娘赶路忙

走过水井喝口水

走过大树歇歇腿

走过了野狗和大雁哟

走过了春夏和秋冬

我跟你说

我听见咣当一声

地一下子就肥了。

C　接着

半天里下火

把夜色照亮

我这个倒霉的人
看着庄稼熊熊燃烧
就好像是我自己
把它们点了一样

半天里下火了
也不知道咋球弄的
就一下子烧起来
我从窝棚里窜出来
窝棚就着了
连烟烟都不冒一个

半天里突然下火啦
我像个闲人一样站在地头看着
庄稼烧起来啦
火都是绿色的
棉桃炸得轰轰响
真是吓死人

D　再后来

我去找陈祖康了
我从他手里买的绝望地
我说你把我害惨了
半天里下火把庄稼烧了
你这是啥地啊
你他娘的

陈祖康也没说啥
看了我一会儿
鼻子里出了些冷气
说，滚你妈的
我一刀子就下去了

我一刀子扎在自己腿上
我恨死了，恨自己
我攒这些钱买冤枉哩
我攒这些钱买罪受哩

我把庄稼当祖宗
庄稼就烧光了，火是绿色的

好，我就这么走了
心里觉得没名堂
一边走一边抹眼泪
心疼我那些钱
心疼我越来越麻木的腿
妈呀，咋这么疼

那什么，我说
你们还等我不等
我不种庄稼了！
我要流浪呀
我是个流浪汉
想啥庄稼哩你看可笑不可笑

那什么，你回头看
就在那棵大树下面

往西走十二里路

就是我的绝望地

F　尾声

群星闪烁

我在夜色下赶路

我来不及了

远处，一辆火车无声开来

我得赶上它

火车无声开来

风大得很

车上挤满流浪汉

眼里都是泪水

我回来啦，我回来啦

我也哭了起来

尚未有灵魂被救

我们，特别，遗憾地
通知您
到今天为止
尚未有灵魂被救

您拎着点心去道歉不算被救
你哭，你悔恨，用嘴巴吞掉拳头
你站在街头巡逻
你给妓女发钱

扶着盲人走过拥挤的街头
都不算被救

你在大地上行走，扮作读书人
举着相机拍摄藏区，或者边疆
你写下诗歌，检索色情网站
还给灾区捐过一百块钱

你寻找十年前被你抛弃的女人
你是奥运志愿者和亚运志愿者
还是残奥志愿者和环保小卫士
你张开双臂拥抱了生活
你拥抱了我

然而尚未有任何一颗灵魂被救
哪怕它伤痕累累，有所忏悔
可惜在黑暗中，幽暗中
你的一点点彷徨
就将你送向孤独之海

老死

有个人，名字我已经忘记
在雾气弥漫的早晨
老死在异乡

该人剪了头发
剃了胡须，穿上三件套西装
面对肮脏的镜子
做出潇洒表情
但是

时光多荒唐

这旧西装哪儿买的？

某个港口的旧货摊，好像

那时候该人年轻

想象力并不丰富，而且暴力

强奸电线杆和暖壶

可如今该人四十多岁

老得喘气像开枪

端着咖啡的手抖个不停

喝一半儿，洒一半儿

啊，老死

该人，一分钟之后即将死去

他现在还不知道，嘘嘘。

做一个潇洒表情之后

他打开窗户，对着涌进房间的雾气

大叫了那么一声

关于做一个奔放的人的申请书

请让我做一个奔放的人吧
我在申请书的第一行写道
让我做一个奔放的人
春天奔跑，夏天吃烤串
秋天恋爱，冬天返回故乡

我决心做一个
奔放的人
没什么可商量的

特别坚定了已经

我在申请书上这么写道

我走过寂寥之地

走过比较荒芜的那一部分

就看到你，昏死在地

我扑上前去

大声说道，亲，不是说好了吗

咱们一起做一个

奔放的人

皇帝

皇帝在位十年
七年用于游荡江湖
剩下的三年
他在皇宫里怀念

回忆斜照龙辇
赤裸的皇帝沉沉睡去
迷醉在回忆里
让没有阳具的男人

扮演故人

爱情不是佩剑
从来不能失而复得
悲伤如此珍贵
可惜不能收藏在
珠宝匣子里

那天他抚摸自己
感叹无人夺取这青春的身体
这奔放的肉体
筋肉纠缠血液奔突
没有疤痕和溃疡
没有晦败的气味

刹那间阉人蜂拥而入
匕首闪烁寒光
皇帝张开身体
拥抱阉党

拥抱这十几把刀子
我的王国从此覆灭
连同那最好的回忆
　　　最好的时光

全世界最紧张的男人

全世界最紧张的男人
背着黑色尼龙电脑包
走在梧桐花盛开的人行道上

单从外表，你绝对绝对猜不出
他就是闻名遐迩的
全世界最紧张的男人

突然他停下脚步

眼神惶恐
止不住地颤抖起来
四顾左右，咬住嘴唇
好像一个隐形人
正在强奸他一样

马路上人声鼎沸
人们正在欢度黄金小长假
胖姑娘在吃雪糕
中年女性在买内衣
她的丈夫坐在马路边
观察着胖姑娘

他，全世界最紧张的男人
站在人行道上，阻挡了其他的过客
引发了一阵又一阵
小型的交通事故
他就这样
恍然四顾浑身颤抖

流着汗水咬住嘴唇
他还哭了，眼泪顺着脸颊
蜿蜒流淌

真的，都没法说了
这个男人站在路上
在梧桐的树荫下
头顶上落着一瓣梧桐花
哭个不停
仅仅因为，他刚才
瞥见他的小学同学赵雨燕
正在买内衣

恶人万岁

所有的人群一声叹息
所有的廉价西装，廉价胸罩
廉价口红和隐藏在嘴唇后
三颗未经修整的破碎牙齿
它们一声叹息
就像风暴吹过原野

生涯，猥琐的巨型怪物
提上裤子招摇而去

所有的人一声叹息

将污秽的裙角清洗干净

使用汰渍，碧浪，使用五洁粉

用血液渲染，用泪水浸泡

用新的污秽覆盖

影院里撒满玉米片

廉价香水的味道从后座传来

纵声大笑以至于忘记了关节病

忘记了腹泻，肠道息肉和脚气

所有的人一声叹息

放弃了爱情和虚无主义

相互拥抱，庆祝他们观看过的

第一百部都市喜剧爱情彩色故事片

他们相互亲吻

很多人因此性欲勃发

哭了起来

自由，嚎叫着的狼

独自穿越收费站
走进更漆黑的黑夜
收费站的美少女正在上网
在社交网站贴出她的自拍照
所有的人一声叹息
将她的照片从电脑上揪出来
撕碎，铺在他们的道路上
他们需要一毫米高度
可以让他们踮起脚尖
碰到他们的神的屁股
湿润的黑色漩涡
流浪者的故乡

恶人万岁，所有的人
手捧鲜花站在红地毯上
跟所有人结婚，他们彼此相视
发誓背叛对方
恶人万岁，阳光耀眼
睡在阴凉处的野猫突然醒来

一个有着无尽忧伤的男人是如何洗澡的

一个有着无尽忧伤的男人

现在躺在浴缸里，对面的墙上

挂着一面破裂的镜子

忧伤来往不绝

幻想，碎裂的触摸

喷射的血和体液

喷射而来的回忆

他抚摸自己的脸颊

幻想那是另一人的手指

镜中的所谓无尽忧伤的男人
正端详着
碎裂成七个或者八个碎片的自己
他给自己打满肥皂
心中回荡旋律

湿漉漉的街道
远去的猫和短发女郎
迈着矫健的步伐
活像一个工程师
春天，远处的群山热风吹来

他清洁自己，水变得浑浊
泡沫浮沉
他反复观察自己的皮肤
确认没有患上皮癣
他抬起头

被回忆深深打动

这是发生在去年春天的事情
男人在浴缸中洗澡
低声吟诵歌谣
他带着一身的水站起来
水花溅落到水泥地上

趁着去年春天的热风
男人背着旅行用背包
离家出走
在此之前，他在浴缸中
洗了一个热水澡

我们所面对的是一个差序世界

比如说你满脸经文

走在夕阳光芒里

就容易被误会

再比如说

你戴着雪白的帽子

坐在一棵柳树下

听河水

比如说你谈论一件事

你说得飞快

比子弹还要快

然后你一定会发现

这些并无意义

我听见水声

以为自己漂游万里

我听见了你

就像我不曾听见你一样

差序世界的机密

是这样的

你总会在

不正确的那个层级

哦，此刻

朝霞映红了我的床头

我却在沉默中

起身穿衣，梳洗打扮

哦，此刻

遥远的平衡地

神秘的倾斜地

奔放，远走，唾弃的脏星。

最后的白色海浪

A
最后的白色海浪
皱褶和缝隙
野林和草地
路人遗失的草帽里
蹦跳的心脏
掠过岩石的舌头
掠过细碎草丛的足趾
躺在石头缝隙中的

一头野兽

就如我曾看见的你

就如我迅速隐藏的故事

我们开始一次漫长道别

在这海浪涌动之时

苍老的石头

低头的、紧张的白茅草

平坦起伏的原野

昏聩的家仆撑开雨伞

从那最后的白色海浪中

渐渐浮出的眼神

从包围着石头的石头当中

发现一丝爱情

丑陋又真实，活像湿润的牛舌

B

每次幻想你

每次幻想你

每次幻想你

每次幻想着你

C
高贵的侵略
庸俗的沐浴
从遥远海边奔驰而来的骏马
从散发酸腐味道的林间
都能看到
卑微躲藏、万无一失的你
摊开的书，流淌酒浆的书
凝固血液的书本跪坐在席子上
向我展现曾经
那贫困彷徨的生涯
坚定的光芒之下
我们在坚定的光芒下寻找对方
猎物寻找投枪

六个烈士

1967年8月

六位民兵战士

为了抢救

公社的女广播员

死于流感

六号何胜利

三十岁，已婚，有一子

五号赵蹲
三十一岁，已婚，有一子

四号何团结
二十一岁，未婚

三号包雨国
四十三岁，已婚，有两子一女
是民兵连的
连长

二号，包志有
二十九岁，已婚，无子女

一号，我

在我的故乡
梁县的山顶上
还能找到我们的陵园

上面镌刻着：

战无不胜的你
严肃活泼的你
爱憎分明的你
绝望的你邪恶的你
悲哀的你尴尬的你
愤怒的你不安的你的你
沉默的你的你的你的你的你

同时做三件事

写诗，喝酒，忘却
同时做三件事
磨剑，放羊，看天。

是最好的子夜和最细碎的声音
是树叶成长最快的时候
所有的虫子，都在吃树叶
汁液苦涩又甜蜜，又好。

与此同时

我的诗歌写好又烧掉

我的酒也喝光又满上

我的剑已经磨得锃亮了，小孩。

与此同时

羊儿满地咩咩滚，月光下

摇滚和大提琴，蜜蜂和狗熊

树林和薄薄的雾，都正在纠缠

秘密！秘密要来了！

半只鸟

半只鸟斜斜飞过，小孩
一张翅膀，一片尾羽
一只眼
全部单数的器官暴露在阳光下
向着海面

半只鸟混在鸟群并不突兀
可是现在它独自飞呀
显得独特，又有型

尾羽蓬勃爆炸一般
真的

翻山越岭到海洋，从
黑色原野上飞奔的野人
到白色高地哭泣的松鼠
从冷冽的酒杯，到温暖的靴子

半只鸟，是这样飞来的
迁徙道路苦，云中槐花香
穿越时刻惊心动魄么
无力驾驭的风困惑你么

于是无人知晓之时
半只鸟惊现，斜斜飞过
划着弧线落入大海
所有的鸟，你们可曾
有过一秒钟
想象自己如此辉煌

苜蓿之歌

做一个善始善终的人，于是开垦
于是散播苜蓿种子，浇水
每天跟种子说话，喂，请发芽吧，谢谢

做一个放弃成长的人，于是哭泣
于是在黑夜中暴走，假装喝醉了酒
在每一个陌生的怀里哭泣，跟每一个人说
生日快乐哟，我看好你哟

做一个漫无目的的人，哈，于是
创造了风景，创造了邂逅之美
今晚你在北京，我在广岛
明天你在广岛，我已经退回水中

做什么人其实都无所谓吧，种子
就像你，开出王莲，开出月季
开出矢车菊，也开出大肥红牡丹

好在夜晚来了，帷幕般的夜晚来了
臭氧，雷鬼，萨罗，门扎拉克
好在酒来了，目眩来了，氧气多
我呼吸着你，吞吐着你，找寻着你，忘记着你

做一个无情无义的人，于是收割
收割苜蓿花，将它们放在田埂上
让它们自己枯萎，自己唱歌
好在夜晚来了你听到歌声
但你不知道吧，那是苜蓿之歌。

两用

这是灵魂休息的片刻
鸟也休息了
此时我站在街头
影子变短

肃静，别动
一切听从安排，听从
这难得的际遇

无论如何你仍在

我对面坐着

无论如何哪怕水变得坚硬

你都记得水

记得温度，边缘

不整齐的边缘

便于记忆但不便于拿给你

只好装在脑海

随它坚硬去

于是哨音呼啸

电话声声催人老

一个电话，已经过去了半辈子

别拨打电话

小心，老去

南国

南国，惊人的风暴
铁一样的花朵
奔跑的你
情人般壁虎
尖叫着，奔向海洋。
暴雨之都
丢失单车的路人
和我一起弹琴歌唱
南国！暴虐的美人

白皙的光芒

芒果剥落一地铁锈

流浪的芳香。

海岸和绝望的海岬

野菠萝枝桠弯曲伸向幽暗

遥望灯塔，你瞬时不见

强人出没

吧唧一脸，没躲好
强人勒紧裤腰带
把刀子塞进嘴巴，小心
不要刀刃冲里，免得
割伤舌头不能表白爱情
强人出没注意
强人出没请注意
夜色似乎无边其实有
一道惨蓝，是虚无之境

一道惨绿，是莫名之疼

你说，好

（你就不能多说一个字吗）

强人运气了，提起身体

嗖嗖，强人出没注意

强人出没，请注意

月光下，竹影晃动

大雾早消弭，唯有但见

白衣人悄悄走，灯笼忘记了

狗也忘记了，书也忘记了

手里攥着一把想象中的爱情

强人出没注意

强人出没请注意

就这么劈面来，强人刀子比唾沫慢

吧唧一脸，没躲好

白衣人身形晃动

一丈外，红尘中

强人出没注意

强人出没请注意

表格男

十七岁开始，表格男进入表格业

他画下的一道道直线，据说

可以绕着地球多少多少圈

一眨眼，表格男已经老了

戴着眼镜儿，嘴角向下

每个手指，都被墨色染黑

这一天下午，天热得很

表格男趴在绘图桌上，手里

捏着绘图笔，正画着

嗯，我依稀记得他的表情

舌头从嘴巴里探出来一些

眼神很专注，像笑又像哭

我就这么看着表格男，有点感慨

但并不严重，因为我忙着沏茶

忙着爱，忙着离去，和重逢

所以我并不是盯着表格男在看

事情发生的时候，我可能

没有完全注意，当我醒过神来

我已经看不到表格男了

他无声消失，我的茶水滚烫

他的绘图笔正从桌上骨碌骨碌掉下来

我的茶水滚烫，我的眉毛蹙在一起

我的茶水滚烫，他的笔吧嗒落地

我的茶水滚烫，他确实不见了

表格男结过婚好像又离了

他似乎还有一个女儿但不来往

他住在东城，不，朝阳

表格男，你快回来

我一人忽悠不来
我当时脑子里都是这种怪念头
我这么想着的时候竟然笑了
可真无耻啊你这个老东西
他有五十多了吧？还是六十了反正
你就这么消失，让我一个人
在闷热的下午拎着暖壶
站在办公室中间的空地上

纽约

孤胆侠客迷了路
手捧肮脏的酒杯
站街女郎大声叫喊
灯火璀璨的瞬间
不得擅自回忆

盲人，猩红混乱的嘴唇
大步走向你，并且拥抱你
一地散落的脚印

顷刻间被蒸汽吹走

纽约荡堂竹林里
侠客拔剑，做一种姿势
可惜你不懂，只可惜
你完全不懂

9crimes

A

刀子从袖口滑落

掉进手心

狗熊人握紧刀子

反手刺向身后

B

马人攒了一年的钱

终于可以去枪店买一把

史密斯维森点四零手枪

C

企鹅人的梦想
是长大之后杀死蝙蝠侠
这是今天下午三点半
他亲口说的

D

老蛇端起酒杯
缓缓喝下这一杯残酒
当然，也是一杯毒酒

E

孔雀女挣扎着跑过花园
捂着肚子，和肚子上的刀子
身后不远——

F

马人饮弹自尽，留下遗书一封

"我是金黄色秋日的枯草啊
我是湛蓝色冬日的海洋"

G
小蛇哭着坐在门口
只差几分钟，所有笨蛋的爱情
都差那么几分钟

H
鹿男，端坐席子上，手中
捧着自己的心
门口的大丽花砰的一声
猛烈绽放

I
警报声声，狗熊人跑了几步
站在街角的提款机旁边
哭了起来

迟疑的旅行者

衣服涨满夜色

群星闪耀在高山之巅

疲惫的面孔，迟疑的旅途

一再推迟的旅途

沉睡的眼睑，夜鼠飞奔

比失去都要快

一再推迟的旅途

马鞍腐朽落寞，刀子遗失

让我无从奉献

旅途一再推迟

铁路蜿蜒，铿锵叹息。

给我时间吧。

让我整理烟草、皮革和日记本

让我记录你的眼神

将之描绘在破碎的小说封面

海盗甲

A

海盗甲，靠在船舷

剧烈呕吐心动过速

"我何苦虚耗青春

过这种

每天呕吐十六次的倒霉生活？"

海盗甲，

固执的眼神

布满伤痕的身体

从未拔出的短刀

可惜没有眼罩，唯一的遗憾

一个岛屿，另一个岛屿

一场爱情，另一场爱情

但是不要得意

将要杀死你的那个小女孩

已经在浓雾山码头等你。

B

海盗甲，每天呕吐十六次

在魔鬼舰上虚耗青春

陆地啊，你这个风骚的

难以企及的女人

1987年3月19日，天气最好的傍晚

在海上航行九十七天

掠夺十九个富庶之地

魔鬼舰回到浓雾山
小孩捧着鲜花和米酒
站在码头，心儿怦怦跳
喂，喂！海盗甲！
喂，喂！海盗甲！

C

买风干马林鱼的老头
亲眼看到，小孩的鲜花
插进海盗甲的胸膛
花蕊长满匕首，匕首饱蘸毒药
小孩心里高兴，但也有点害怕
她松开手，后退了几步
买风干马林鱼的老头回忆道：
"我大喊，小孩，快跑！"
小孩转身跑远，心儿怦怦跳
海盗甲心想，坏了
我还没来得及告诉小孩
我要等她长大，娶她为妻

乌厄连

我在乌厄连漫游
向海的一侧
有六十栋房子

巨人离开之后
乌厄连只剩下空房子
现在，我在乌厄连漫游

这个地方在白令海

面对八个月寒冬

以及没有可以插入的柔软洞穴

我仍在漫游

清晨六点二十五分

我猛地醒来

听到歌声，你的歌声

我穿上大皮袍子

打开了门

如同死忘记了生

A

妈妈站在那里,我的书桌旁

双手垂向地面

似乎有些窘迫地告诉我

我快要死去

我已经没有眼泪

没有伤心和缅怀

我看着自己的身体

这垂老的海鸥

是的，我就要死去
在每一个闪烁星星的夜晚
都曾经震动翅膀的我
始终没有飞到故乡

B
今天下午，妈妈来到我的书房
面带窘迫，告诉我
我可能快要死去
"我已经帮助你支付了三个月的煤气费
我还帮你交了你拖欠的物业费
我帮你做饭，在每个周日上来收拾你的睡房
可是孩子，我阻挡不了你的脚步
你就要死去"

我躺在洁白的大地之上
故乡，轻轻地拥抱我
这唯一拥抱着我的性灵

智慧的性灵，无情的生命力

C

我曾经心怀隐秘的怒火

从最早的时候开始，就怀有怒火

我飞越群山和溪流

飞越海洋，翅膀污秽

而我的怒火，从未有

同伴知道

他们只听见我的鸣叫

细弱，难以辨认……

如今我低首徘徊

地面上、书桌上、沙发上是我跌落的羽毛

它们如此苍老，那么干枯

毫无光泽地暗示着

我的生命已经走到尽头

白色的羽毛啊，白色的羽毛啊

D

我徘徊，低首，悄然吟哦

岁月将我置于群鸟之外

我将自己置于遗忘之外

遗忘将我遗忘，如同水忘记河流

如同水忘记了河流

羽毛忘记了海鸥

儿子忘记了父亲

爱人忘记了爱情

我垂下翅膀，扭头看着窗外

一片落叶已经忘记了树

古送别行

长安，别离之际
风在你的陵墓外响个不停
我的佩剑呢。

妄想你的手
它活着时曾经握住白云
妄想白云。

送别你的时刻来临

你看到的花瓣
是在下雪，已经冬天了。

而你看到的我
其实是奔波万里回来的
另一颗小小灵魂。

怯懦的君主

夜空抹去瞳孔
悲伤抹去回忆
清晨抹去了你。

愿我的记忆逐一安息
在随后的生涯，你
消失了
如同星辰重现。

我是怯懦的君主
掌管一平方厘米的心田
号角的声音
穿不出皮肤，就散去。

溪流抹去了夜雾
墨水抹去了诗歌
足迹抹去了往昔
海浪抹去了风帆

镜中人

镜子，镜子，以及镜子
一共三面镜子的平行世界。
——斜阳来得太早，时钟走得太快
我遗失了暮色。

镜子，谁是最美的人？
答案如同一片贝壳
在白色海浪上熊熊燃烧。

镜子，谁是那个孤独者？
是挂在窗口的裙子，还是
街童哇的一声大叫？

镜子，我们隐藏的事物
最深沉的寂寞，和那些琐碎之爱
请掩盖它们，直到那一天来临。

镜子，镜子，镜子
秘密的穴居者，咒语的拥有者
请继续沉默。

焦虑之笛

A
对折的芦管
中空之风隐隐作响
遥远的回声

镜子里的我
向城堡疾驰
镜子外的我正在熟睡

芦笛，我枯黄的声音
委顿于地的声音
能否传到僧侣的城邦

B
我正默写你
闭上眼睛，摩挲着
欢聚与别离浮现眼前

我的浓墨
在三尺水面绽放
如同你的翅膀，洇开夜色

笛声，我渡海的孤舟
呜呜吹响的芦管
将我带向你，冰冻之海

无花果

所以是无花果

沉重线绳包裹

不要咬

满腔汁液

比仇恨还沸腾的爱情

比遗忘还煎熬的牢记

所以是雨天

站在巨大石墙的角落

不要咬，要等

苦海

长安泥泞，声嘶力竭
暴怒花朵，奔波不停
我为何来，忽然就忘记了

你是谁的翅膀，装在谁的身上
你是谁的面孔，流着谁的眼泪
我为何来，忽然就忘记了

一切张扬之美，弓弩和血

等待冰雪消融，白马醒来
我为何来，忽然就忘记了

长安啊，古代的裙角
长安！古代的灯火和等待
我为何来，忽然想起来了

但站在街道对面的我
站在浓雾弥漫的街道对面
我丢失了故事，想起了
我为何而来

鬼花之树

鼓声中我们跌落下来
　遥远的天涯海角
遥远的　告别的鼓声

窗户向北，花树常开
　猫又换了一个姿势
声息全无超过十二年

　我再次醒来

保持着欲望，保持着
细碎的诉说的愿望

给你鼓槌，花朵，时间
给你刀子，寂寞，爱情
你端坐在海浪上敲吧

很久之前，你身后是我
我身后是猫，猫的身后是
无尽的 无尽的 无尽的
来路

暗放

A

无垠的时间，麦浪滚滚

我怎么能赤足走过

才能不惊动

请让它，继续停滞

B

我在楼道里站着

和我一起的是，暗放的花朵

枯萎之前，我看到了你

C

请记住，唯有这一条河水

向西流淌

D

我惊呼之时，就看到裙子的边沿

从视线消失，你飞吧

越远越好

E

保持一种不同的眼神

保持着，显得安静

保持一种爱情，让它有滋味

F

啊，我想起来了

在大风呼呼吹过原野的时候

你降生了

水流

一直到时间不再是时间，
　　封印不再是封印。
　　　　——街童文丛

水流，像一列火车
　　从高地奔涌下来
蜜蜂和蝴蝶，花朵和棕榈
　　在它的身体里流淌

水底，蔚蓝的光芒闪烁
你的笑声和脚步声
从水底燃烧上来
让水变成金黄的酒浆

这是最温和的季节
狮子在山岗上散步
金黄色酒液流淌
在香花巷的街头

水，封印了时间，和记忆
把过去的时间全部冲洗
唯独剩下潮湿的光，晶莹的微茫
带领我们销蚀那封印的时刻

漩涡

A

我不记得夏日的最后模样
当我醒来。一片孤云
以及你，坐在山岗上

B

看到灰色大衣悬挂在灌木丛，
就想起你穿着它，军装整齐
我想象你迈开大步，一步一步地走远

C

愤怒不是漩涡

快乐也不是，醉酒也不是

绝望不是漩涡，离别也不是

但感伤是，喂。

涉及恍惚

但你已经醒来
手握残梦
如果允许我永远站在窗外
如果允许我永远醒着
但我们已安静多时
当意外的钟声响彻
涉及恍惚时，一切
一切都如此脆弱

霍乱

精确地知道霍乱来临的时间
竖立一块倒计时牌子
距离霍乱降临，还有十二分钟

长途奔走，长路上哭号
每一次时间倒退
眼泪就奔涌回到体内

再一次等候，给你六分钟

亲爱的黑暗拥抱亲爱的昏黄
亲爱的猩红拥抱亲爱的混浊白光

抓紧疼痛吧，抓紧时间
抓紧身体的每一个细碎的动作
表情茫然的三分钟

巴赫，拯救我
无论我陷入多么污浊的泥潭
都请你将咏叹调的钢索丢下

九十秒的时间，让身体发光
喘息和寻找花朵
喘息和寻找满腔留恋

撕开信封，展开信纸
看到第一行字，看到死
一共用去四十五秒

人群轰然而至，旗帜高举
撕裂的骏马践踏泥尘
霍乱来临，你的时间到了。

奔亡

刺杀在即
请允许我独自吟诵

A
我住在东海
一个小世界
光芒永不停歇

一杯酒，另一杯酒

青春如此寥廓

那么再来一杯

梦境越来越冷

麦子被月光冻伤

冰的浪头你奔跑如飞

——请缩短生命的行程吧

阳光心狠手辣

缩短它，让太阳失望

B

我住在东海

捕猎狗熊和青蛙，还有麋鹿

我翻烤篝火上的黑色花朵

让它绽放

时间之神已经衰老

关于时间的质感，逐渐消亡

我茫然地住在东海

高大的灌木
盘踞在灌木丛中的巨蟒
巨蟒口中的蓝色蜡烛
猎猎燃烧

C
打磨短刀和箭簇
我的刺杀即将开始
打磨它 到寒光一闪

天亮时我不会回来
天黑时，我也不会回来
稻草床先空着吧

刺杀开始
是我对时间
轻浮，卑微的刺击

于是少年停止哭泣
野鬼破土而出
花朵，花朵顺流而下

D
我住在东海
熔化的铁水是我的酒浆
崩裂的石块是我的食粮
稻草和你，是我的床

远来的客人驾着白鸟
流泪的死者抱着大鱼
我惘然生活在灌木丛中
抱着你和鱼，鱼和鸟
鸟和不停歇的光芒

E
奔亡是我的棺木

时间是你的棺木
这是我所知道的全部
也是我唯一证据
证明我这刺客的最后结局

握梦

A

年度最佳战栗，授予我被杀的一夜

紧紧追赶被杀的我，被杀的所有的我

大结局，看着自己的背影

深为同情如此削瘦，且

脊柱侧弯的男性

B

试图握住一个梦的所有努力

眼睁睁看着阳光下融化的冰块

既然甜腻，何苦死亡

C

我是如此热爱海岬，热爱

伸向海洋的魔爪，精灵的灯

是如此热爱伸向你的海岬

和海浪般爱情的魔爪

我将记住

在此之前，我将记住樱桃
记住身体的稚嫩和汁液的芬芳

我将记住群山，记住南亚的雨林
汗水，阳光照耀，裙子的一角

我将记住海岬，巨大的海鸥翅膀
掠过身体，和你的鸣叫

我记住桃花在街边绽放，记住
写在纸上一行一行再一行的字迹

我记住牛仔裤的折痕
记住镜子如何反射，人群如何望向我们

当我记住玫瑰的火焰和湖水的深蓝
记住所有属于记忆的片片碎裂——

我就可以安然死去
用其后的漫长时光一点一点倒回原初

献给沉睡者

在此之前我一无所有
在此之后
我仍然一无所有

在黄色尘土之中
我学会阅读面孔
也学会将我的神供奉

此刻，星辰南坠

从来没有显现过的真理
如同水蛇离开河岸

阅读面孔的人会被面孔欺骗
扑向水面的人会被涟漪诱惑
我跌进水里了

这是从没有过的悲伤时刻
这是辨认一朵
死去的花朵的时刻

我将此作为牺牲
显然过于轻佻
但是我回首往事——

尘土飞扬之中，我在成长
河流如血，涟漪锋利
花朵怒放，面孔鲜明

再会，沉睡的人

请你继续向前走

你会走到狮子的领地

川流熙攘

种子，在森林中走失，
当我俯身向你，检视你坚硬外壳
相信我，我在聆听你的低语

深刻的秘密，总是被紧紧包裹
船包裹着船歌，雨水包裹着雨林
逆流而上，囚禁包裹着爱

种子，我已经不记得你的样子

但我记得我如何捧着你逆风行走
我记得我的大袍子被风吹起来的样子
我记得砂子摩擦脚底，我记得

这是十七岁少年之春，持刀站立
我曾经闻到的所有血腥味道
以及只有秘密带来的冰冷气息
迎面袭来，秘密啊！

种子，今天，我瑟缩身体
倒在你的怀抱，你已年老
仍未发芽，但你有机会发芽
成为坚定的谷物

无地图之地

忘记奔涌的河流吧
现在是五月，残酷的季节
海鸥正在被狐狸追逐吞噬

我做梦，去往寥廓的地方
平坦的城市在夕阳下
光芒万丈

我的梦里有你，还有狗和咖啡

以及安德烈亚，那盲歌手
他的头发已经白了

你将采摘花朵学会酿造
在阴影和流水间，歌唱
让我再努力一些，记住你的天籁

五月，出奔之月
以梦的姿态出奔，在松林中
一点一点醒来

五月，我的嘴唇有嫩树的味道
奔涌的河流，奔涌的河流啊
干脆卷走那一页黑暗中写就的遗书

三首欢乐和一首悲凉的短笛

A

我俯身在东南的海岬

将海螺的声音传递给你

在长滩上，洁白的豹子

生出双翼

B

风是白色的，你看你的裙子

你看你夏夜的鞋子

你再看海风不断追逐的海鸥

C
月夜，我悄悄出门
松鼠送来白色的衬衣
乌鸦送来白色的风帽
我带着电，进入你的梦境

D
我的词语开始消亡
当我不能歌唱，不能为你歌唱
那唯一的路将会被记忆埋葬

失踪

失踪者坐在天台上
看着爱人在楼下大哭

蓝色、红色的光芒
警车呼啸而来

远处，焦化厂的烟囱
近处，一盆枯萎多时的小叶枞

暮色将至
一群乌鸦在白杨的树冠上盘旋

失踪者点燃香烟
深红色指甲，深深掐进烟卷

她忘了爱情
忘了门牌地址，以及电话号码

天色黑尽，没人看到她融入黑夜
原来让自己失踪，真容易

此刻有风从两千里之外刮来

此刻有风从两千里之外刮过来
你见过风吧，要不你看看自己的头发
你的裙子，或者你的泪水的痕迹

A
我必须承认，我是一个弱者
我的剑从未拔出来过，一次都没有
剑鞘和剑身都锈在一起 很多年了
所以你看 侠客又有什么用

B

从红晕巷出来，往东走几十步
是我的摊档。我，卖二手大提琴的侠客
剑放在琴箱里 等待杀机来临
也等着风

C

安东尼奥·斯特拉迪瓦里
制作了这把琴，你听，它哭的声音
这把琴未免也太多情，悲泣到天明
三百年的古董，就为让你哭

D

好 现在 琴和剑都有了
我们等着风，风还没来
在此之前，请你抱抱我

E

呼啦 我看见你的裙角

你的飞驰而过的笑，你的双手
护住脸颊　就像烈士护住胸膛
——风来了！

此刻有风
从两千里之外刮过来
你见过风吧，只要你见过就好——
那么请别动，请站好
请等我拔出生锈的铁剑
别动，求求你了

断篇儿

A
告诉你吧
这世界上所有的妖精
都是柔软的

B
每到周五
你说过的所有谎言
都能成真

C

捉住兔子！捉住兔子！
　　猎人持枪奔跑
浑然不知身后猛虎将至

D

　　大火熄灭之后
人们在废墟中找到照片
上面的你，还是那么美